DREAMBOOKS★

DREAMBOOKS★

DREAMBOOKS★

신룡의 주인

태선 판타지 장편소설

FANTASYSTORY & ADVENTURE

9

dream books
드림북스

신룡의 주인 9

초판 1쇄 인쇄 / 2015년 6월 12일
초판 1쇄 발행 / 2015년 6월 25일

지은이 / 태선

발행인 / 오영배
책임편집 / 편집부
펴낸 곳 / (주)삼양출판사 · 드림북스

주소 / 서울시 강북구 도봉로 173, 캠프 6층
대표 전화 / 02-980-2112 팩스 / 02-983-0660
편집부 전화 / 02-980-2116 팩스 / 02-983-8201

등록번호 / 제9-00046호
등록일자 / 1999년 3월 11일

값 8,000원

ISBN 978-89-542-4752-8 (04810) / 978-89-542-4574-6 (세트)

* 지은이와 협의하에 인지는 생략합니다.
* 잘못된 책은 구입한 곳에서 바꾸어 드립니다.

이 도서의 국립중앙도서관 출판시도서목록(CIP)은 서지정보유통지원시스템홈페이지
(http://seoji.nl.go.kr)와 국가자료공동목록시스템(http://www.nl.go.kr/kolisnet)에서
이용하실 수 있습니다. **(CIP제어번호: 2015015901)**

신룡의 주인

태선 판타지 장편소설

FANTASYSTORY & ADVENTURE

9

dream books
드림북스

신룡의
주인

Contents

Chapter 1

Lineless

1.

바람의 방향이 변했다. 습기가 많은 바람이었다. 지난번에 율리츠가 학교로 돌아갈 때 생존에 도움이 될 만한 것을 보내겠다고 했었다. 하지만 그 후로 시간이 꽤 지났으나 마땅한 소포도 도착하지 않았다.

'뭔가 미행을 한다든가?'

그러고 보면 율리츠가 마공학으로 기계 새를 수리하는 걸 보지 않았나. 그런 종류의 수단을 이용한다면 마력도 감지되지 않을 테니 미행을 당하더라도 이쪽 입장에서는 기척을 찾을 방법이 없다. 어찌 되었건 이 저택을 나가는 수밖에 없다. 그 황자의 친위대라면, 그 인간인지 인간이 아닌지조차 모호한 존재들이라면 분명 미행을 하고 있을 가능성이 크다.

'거기다가 에론 형의 목숨이 걸려 있다.'

단테스에게든 티스에게든 율케스에게든 작은 신호라도 보낼 수 있으면 좋으련만 그러기에는 상대가 상대다.

샨이 나갈 때 단테스에게 남긴 말이라고는 이것 하나뿐이었다.

"티스가 불러서 가 봐야 해. 율케스 형이 만나자고 했거든."

필사적으로 머리를 굴려서 내놓은 수다. 그저 세 사람이 빨리 눈치채길 바랄 뿐. 카이가 샨의 어깨에 앞발을 가져다 댔다.

"마마, 괜찮아?"

"아마 큰 싸움이 있을 것 같아."

"마마?"

상자 안에는 지도와 함께 열차 표가 들어 있었다. 이리로 오라는 친절한 배려지만 분명히 함정일 것이다.

'그 녀석 하자는 대로 하기에는 마음에 들지 않지만.'

걸려 있는 게 너무 많다.

'무엇보다 무슨 열차인지라도 표시해 두는 쪽이 날 찾기 편할 거야.'

단테스에게 그렇게 말했으니 빠르든 늦든 친우들은 샨을 추적하러 올 거다. 예전의 샨이라면 이런 위험한 일에 친구를 말려들게 해도 되는 건가 고민했겠지만 지금은 한 치의 주저도 없었다.

친우 놈들의 사정을 생각해 주기에는 놈들이 그동안 샨 본인에게 끼친 민폐(?)가 너무나도 많았다. 그 너그럽다는 샨의 인내 대출 은행이 도산할 지경이다. 이 빚을 다 갚으려면 목숨으로 갚아야 할 것이다. 샨은 그리 결론지었다.

에녹 교수님이 봤다면 이제는 영 맹탕은 아니라고 칭찬해 주실지, 아니면 친구 목록에 티스와 단테스가 들어간 순간부터 이미 정해진 수순이라고 빈정댈지 궁금하긴 하다.

아무튼 그렇다. 형의 목숨이다.

모든 것을 걸어도 아깝지 않을 목숨.

가능하다면 샨 혼자서 목숨을 바치는 한이 있더라도 형을 구하고 싶은 마음뿐이다.

그렇게 싸웠는데도, 그렇게 화를 냈는데도…….

가족이란, 혈육이란 결국 그런 말 한두 마디로는 잘라낼 수 없는 그런 마력이 있다.

역에 도착해서 샨은 열차를 기다렸다. 10분 후면 열차가 도착한다.

기가 막혀서 작게 웃음이 나왔다.

그 놈은, 이미 샨이 상자를 받는 시간과 상자를 열고 고민한 뒤 결정을 내리는 시간, 그리고 출발하여 역에 도착하는 시간까지 정확하게 계산해 놓은 셈이다.

사람을 손바닥 위에 놓고 마음껏 굴리고 있다.

10분이란 시간을 어떻게 보낼까 하다가 샨은 포장마차에서 간단한 드래곤 간식을 샀다. 카이에게 음식을 건네고는 본인도 마실 거리를 사서 한 모금 들이켰다.

그러고는 종이컵 안쪽에 혀를 사용해 마력으로 글자를 남겼다. 할 수만 있다면 기둥에 분필로라도 그리고 싶은데, 그랬다가는 걸린다. 어설프게 하면 안 하느니만 못하다. 물의 마력을 이용해 넣은 메시지다. 블루 타워 기숙사 출신, 그것도 예민한 사람이 아니면 눈치채는 것조차 어려우리라. 그러고는 종이컵을 구겨 쓰레기통에 던져 넣는다.

'할 수 있는 건 여기까지.'

열차가 선로로 미끄러진다. 샨은 카이가 먹고 뱉은 나무 꼬치를 선로 레일에 버린다. 열차는 꼬치를 삼키고는 샨 앞에서 문을 연다.

"마마."

"응, 카이."

마치 한 번 들어가면 두 번은 나오지 못할 지옥의 문처럼 열차 문이 아가리를 벌리고 있었다. 샨은 문 안쪽을 한참이나 바라본다.

"카이, 나를 위해 목숨을 걸 수 있어?"

카이가 눈을 감는다.

"샨을 위해서라면 언제든지."

평소에는 마마라고 부르다가 이럴 때면 어른이 된다. 카이(Cai)와 카이(Kai)의 인격이 바뀌는 건지 아니면 카이 자신의 내면적인 성장인지는 알 수 없으나 적어도 한 가지만은 분명히 느껴졌다.

진심이라는 것 단 한 가지.

"나도 그래. 카이를 위해서라면 뭐든 할 수 있어."

카이가 원래의 목소리로 되물었다.

"마마, 무서워?"

"응, 무서워."

솔직하게 대답했다. 카이가 샨의 어깨를 붙잡는다.

"나도 무서워."

결국 둘은 한참 웃음을 터뜨렸다. 샨이 말했다.

"이보다 더 무서운 게 뭔지 알아?"

"뭔데? 마마."

"지금 아무것도 못 하면 평생 후회할지도 모른다는 거. 그게 더 무서워."

샨은 결국 열차 안으로 몸을 넣었다. 그림자가 어깨를 감싸며 흔들린다. 열차의 문이 닫힌다. 열차는 레일을 타고 미끄러지기 시작했다.

2.

기이하게도 이 열차에는 단 한 명도 타지 않았다.

한 명쯤은 중간에 타는 이가 있을 법한데 아무도 없다. 텅 빈 열차 속에서 샨은 가만히 리듬을 느낀다. 침대칸에 앉아 시트를 뒤집다가 문득 혈흔을 발견한다. 그것도 굳은 지 얼마 안 된 피.

이미 사람이라곤 자기 혼자일 때부터 이게 제대로 된 열차가 아니라는 것 정도는 알고 있었다. 그런데 이미 한바탕 살육전이라도 벌어진 모양이다. 카이는 샨의 어깨를 붙잡고는 비늘을 부풀린다. 샨은 그런 카이를 끌어안았다. 열차의 리듬을 느끼며 천천히 눈꺼풀을 닫았다. 졸리지는 않았다. 그러나 자고 있는 것처럼 보일 필요는 있었다.

눈을 감고 기다리자 열차의 리듬 사이로 발소리가 느껴진다. 역시 매복이 있었던 모양이다. 날이 밝을 때쯤 샨이 눈을 뜬다.

"아, 일어났어?"

류인이다. 샨이 익히 알고 있던 것과는 근본부터가 다른 사람. 무엇보다 발소리가 멀리서 느껴졌을 뿐이지 다가오는 인기척이라고는 전혀 느껴지지 않았다.

류인이 오렌지 주스를 따랐다. 샨이 말했다.

"나중에 볼 줄 알았는데요."

"뭐, 이야기의 최종 보스는 늘 여행 마지막에 등장하는 법이긴 하지. 하지만 걔들은 악당이고 나는 용사니까 처음에 등장해야 하는 거 아니야?"

그가 주스 잔을 건넨다. 약이 들어 있을지도 모르기에 샨은 받기만 하고 마시지는 않았다. 그가 말했다.

"마셔. 약은 안 탔어. 뭣하면 내가 먼저 한 입 마실까?"

샤은 그에게 잔을 건넨다. 그는 거리낌 없이 주스를 한 모금 들이킨다.

"봐 봐, 안전하지?"

"제가 아는 용사는 오지 않으면 인질을 죽이겠다거나 하는 말은 하지 않던데요?"

"그게 이야기와 현실의 차이지. 착한 짓만 해서 어떻게 나쁜 놈들을 죽여? 약간의 유혈 사태는 어쩔 수 없는 거 아니야?"

기가 막히다. 샤은 여전히 그가 다시 돌려준 주스를 마시지 않았다.

"나쁜 놈이 누굽니까?"

샤의 말에 그의 눈동자가 창백하게 부풀어 올랐다.

"신. 이 세계를 창조하고 유지하는 자."

망막 위로 번들거리는 빛이 인간의 것이라기보다는 짐승의 것에 가까웠기에 샤은 한참이나 대답 없이 그를 들여다보았다.

"당신 미쳤어."

"미친 건 신이야. 이 몸은 아주 맑은 정신이라는 점, 짚어 둘게."

그는 샨의 이마를 쿡 누른다. 이 이상 장단을 맞춰 주려니 인내심이 끊어질 것만 같다. 이쪽은 가족의 목숨이 걸려 있다. 그런 농담으로 시간을 낭비할 여유 따윈 없었다.

"무엇을 원하십니까?"

"네가 내 편이 되길 원해."

샨이 속눈썹을 깃털처럼 내리깔았다.

"그러십시오. 당신의 편이 되어 드리지요. 저를 데려가고 형의 목숨만은 살려 주십시오."

"지금이야 그리 말하겠지만 나는 좀 더 확실한 내 것을 원해. 너는 돈으로도 명예로도 잡을 수 없는 아이니 언젠가 배신하겠지."

"무슨 말씀을 하고 싶으신 겁니까?"

그는 좁은 객차 위로 빙그르르 춤을 춘다.

"네가 내게 목말라 하고 내게 힘들어하며 내가 없으면 살 수 없게 만들려고 해. 평생 몸도 마음도 내게 의존해 속박되길 원해."

미친 자식. 결국 샨은 그를 향해 작게 욕설을 내뱉을 수밖에 없었다. 그가 환하게 웃었다.

"그런 의미로 게임을 하나 할게."

"무슨……?"

그는 손가락을 흔들며 노래처럼 앞으로의 일을 속삭였다. 그가 내뱉은 말은 악의와 광기, 그리고 집착으로 빛났기에 샨은 결국 아무것도 할 수 없었다.

3.

열차가 멈춘다. 새하얀 설원이 모습을 드러냈다. 꿈에서 본 것과 똑같은 설원의 풍경에 샨은 헛웃음을 지었다. 이런 것을 예지몽이라고 하던가?

'아니야. 예지몽이어서는 안 돼.'

그렇다면 그 꿈의 결말은, 그 꿈에서 보여 주었던 그 풍경은 결코 진실이 아니어야만 했다. 미래는 정해져 있지 않다고, 그저 흔한 데자뷰일 뿐이라고 샨은 믿고 싶었다. 그러다 문득 피에 젖은 새빨간 카디건을 보고 그대로 무릎을 꿇었다. 에론 형의 것이 분명했다.

류인 황자는 말했다.

'간단해. 그냥 네가 먼저 도착하면 되는 거야. 흔하디 흔한 달리기 경주지. 토끼와 거북이 좋아해?'

대체 누구와 경쟁하면 되냐고 묻는 질문에 류인 황자는

송곳니를 드러내며 웃었다.

'에론 알테리온을 싫어하는 모든 이들과 경쟁하면 돼. 꽤나 복잡한 인생을 살아왔던 사람 아니겠어? 그가 죽인 사람만큼 그를 증오하는 자들도 쌓여 있겠지.'

'이야, 난 역시 참 착하단 말이야.' 류인 황자는 스스로의 선행에 진심으로 감탄하는 것처럼 보였다. 이 순간만큼은 샨 역시 말문이 막혀 아무 말도 하지 못했다.

'이미 나는 그가 있는 곳을 그의 원수들에게 모두 알렸어. 벌써 출발한 지 꽤 되었을 거야. 샨, 네가 제일 지각일걸?'

왜 이런 짓을 하는 거냐고 되묻는 말에 황자는 한참이나 비웃었다.

'정말 몰라서 묻는 거야? 나는 정의의 편이라서 그러는 거야. 기사야. 영웅이라고? 이 황도 전체를 통틀어서 에론만큼 타인을 살해했던 이가 있나? 그는 자기 손이 아니라 전쟁의 손으로 십만이 넘는 군사를 죽이는 인물이야. 황명이라는 이유 하나만으로, 최고의 효율이란 이유로 사람을 도륙하고 목숨을 숫자로 계산하며, 때로는 직접 죽이기도 하지.'

그는 이렇게도 말했다.

'그가 존재하는 한 전쟁은 계속될 거야, 샨 알테리온. 우리 황제 폐하께서는 병환 중이심에도 전쟁을 포기치 않으시지. 그의 오른팔인 에론 알테리온이 있는 한, 제국이 강건한 한 어미는 자식을 전쟁터로 보내야 하고, 아내는 남편을 잃어야 하며, 병든 노모는 산 속에서 굶어 죽어야 해.'

그게 아군이든 적군이든 끝없이.

그 말에 샨이 되물었다. 그래서 너는 그를 심판하려 하냐고. 그가 황제의 칼이기 때문에, 그 자신이 원해서 전쟁을 한 게 아님에도 그를 심판하겠냐고 되물었다. 그 말에 황자는 답했다.

'그래서 이야기했잖아, 샤인 알테리온. 나는 아주아주 아주 착한 정의의 편이고, 그렇기에 아직 그를 죽이지 않았어. 샨 알테리온, 네가 만약 제시간 안에 도착하지 않는다면 네가 그를 죽이는 게 되겠지.'

다리에 힘이 풀렸다. 그가 잔인하게 속삭였다.

'심판은 네 손으로, 네 두 다리로 하는 거야.'

이 세상은 악의로 물들어 있다. 단테스가 마피아고 평생 타인을 죽인다 한들 에론 형이 죽이는 숫자를 따라갈 수 없다. 에론 형의 직장은 전쟁터고, 에론 형 안에서 사람의 목숨은 애초에 한없이 무가치한 것이니까.

그가 샨의 두 뺨을 붙잡았다. 마치 갓 내린 눈송이를 붙잡듯 조심스러운 손으로 쓸었다.

'너는 그 형의 녹을 받아 입고, 먹고, 살아왔잖아. 그런 역할을 맡을 가치가 있지. 알테리온가의 아름다운 불행의 별이라면.'

하지 마.

반말이 나왔지만 그의 손을 쳐 내지 못했다. 온몸을 누군가 붙잡아 내렸다.

'왜 그래? 네게 있어 그 사람이 소중하듯, 그 사람에게 죽은 사람도 누군가의 소중한 사람이었어.'

아아, 신이시여. 어째서 제게…….

'다녀오도록 해, 아름다운 바람이여. 절망하고 괴로워하며 온몸이 찢겨 나가도록 해. 그 끝에는 내가 있을 테니까. 아참, 그 종이컵은 회수했어. 거기다 네 친우들 모두 약간의 고난을 주었으니 이번만큼은 네 친구들도 너를 돕지 못할 거야.'

정의의 사자는 광소를 터뜨렸다. 샨은 그의 웃음에서 광기의 색을 보았다.

한없이 순백에 가까운 어둠이었다.

샨은 습관적으로 카이를 끌어안았다.

"마마, 추워."

드래곤은 추위에 약하다. 고산지대이기에 더 상성이 나쁘다. 이 부분도 그는 미리 계산해 두었으리라.

'류인, 너는 내가 지치기를 바라고 있겠지. 모든 것을 놓고 결국 이 팔찌를 통해 네 힘을 받아들이길 원할 거야. 형을 지키기 위해 나를 포기하도록 유도하는 거겠지.'

한번 중독되면 돌이킬 수 없다 하였다. 그렇기에 포기할 수는 없는 노릇. 샨의 눈에서 푸른빛이 튀었다. 샨은 작게 숨을 몰아쉬었다. 이대로 무턱대고 달려간다면 놈의 페이스에 말려든다. 그럴 수는 없었다. 폐 안까지 차가운 공기를 들이쉰다. 증오 한 점까지 씻어 내기 위해서 한참을 그렇게 차가운 공기를 삼키고 또 삼킨다.

'착하다는 것은 뭘까.'

샨이 손을 뻗었다. 카이는 그것만으로 제 주인의 심중을 알아차린다. 카이의 몸이 원래의 거대한 모습으로 변한다. 샨은 그런 카이의 위에 올라탄다. 안장에 다리를 맞추고 고삐를 쥐는 대신 목을 끌어안는다.

카이의 피막이 돛처럼 부풀어 오른다. 마침내 카이는 원하는 바람을 찾아낸다. 바람은 면이다. 밀도 높은 바람을 찾자 준비 동작도 없이 너무나도 쉽게 날아오른다.

'에론 형은 과연 악인일까?'

에론 형은 살아오며 숱한 사람을 죽여 왔다. 그러나 맹세컨대 그게 에론 형 자신의 쾌락을 위해서라거나 부귀영화를 위해서는 아니었다. 아마 에론 형이 그쪽을 원했다면 소드 마스터의 지위를 이용하는 편이 훨씬 더 효율적이리라.

힘은 갖고 있다는 그것 자체만으로도 의미가 있는 일이니까.

그럼에도 에론 형은 구태여 관리직으로 들어갔다. 말단 공무원으로 시작해 제국의 군사 직위까지 올랐다.

'에론 형은 사람을 죽였지. 하지만 그건 어디까지나 황제폐하께 충성하고 제국에 헌신하기 위해서였어.'

이것을 온전히 선이라고 할 수 있나? 에론 형의 손 안에서 죽은 이들에게 그런 말을 할 수 있을까? 아비를 잃은 아이들과 남편을 잃은 아내들에게? 에론 형이 죽인 이들은 한낱 숫자에 불과했지만 분명 누군가의 아버지이고 누군가의 연인이었다.

샨은 고개를 저었다.

선은 아니었다. 그럼에도 악도 아니었다. 그러나 누군

가에게는 선이, 누군가에게는 악이 되어 버린다.

'아아. 오늘 나는 살인을 저지를지도 몰라. 그것은 내게는 선이겠지만 타인에게는 악이 되겠지.'

그저 손에 피를 묻히면서 살고 싶지 않다는, 누구도 슬프게 하고 싶지 않다는 그 단순한 희망조차도 너무 큰 욕심이었던가.

샨이 신호하자 카이는 절벽 아래로 급강하한다.

절벽 중간에 입구가 보인다. 고대 유적에 기반을 두고 만들었다는 그의 말이 맞았다. 문득 샨은 시선을 느꼈다. 지상에서 족히 몇천 미터는 올라온 높이이다. 이곳에서는 제아무리 '류인'이라고 하더라도 미행하지 못한다.

'알 수가 없어.'

평상시라면 눈치채지 못했으리라. 지금 같은 때에, 이런 상공에서 전투를 앞두고 예민해진 상태가 아니라면 알 수도 없었을 거다.

'그렇다 하더라도…….'

이 시선의 주인을 찾아 나서기에는 타이밍이 좋지 않다. 절벽 앞에는 병사들이 서 있었다. 단순히 에론 형에게 원한이 있는 자들이라고 퉁치기에는 어딘가의 영주라든가 다른 나라의 용병들이라든가 숫자가 너무 많다.

'이들을 다 뚫고 가는 건 무리야.'

샨은 카이를 시켜 고도를 올린다. 눈을 발동해 만년설이 가장 옅은 부분을 찾아낸다. 카이가 압축된 진공파를 쏜다.

크와아아아!

만년이 넘게 쌓인 빙벽이 가루가 되어 쏟아진다. 눈은 눈을 후려치고 더 큰 파도를 만든다. 눈사태다. 대장으로 보이는 이가 검을 뽑는다.

"당황하지 마라! 채비하라!"

그렇게 말해도 구체적인 대안이 없다. 쏟아지는 빙벽 아래로 샨은 카이의 마력을 조절한다. 날갯죽지와 피막을 타고 마력이 칼날처럼 솟아오른다. 그러고는 급강하. 날개를 절반으로 접어 공기의 저항을 줄인다. 빠르게, 더 빠르게.

바람을 가르며 중력이 사슬이 되어 끌어당긴다. 샨은 카이의 마력을 이용해 실드 마법을 쓴다.

'다행이다. 반지는 정상적으로 작동하고 있어.'

'류인' 황자의 팔찌 때문에 장갑은 효과가 없었는데 반지는 제대로 돌아가고 있다. 과거 엘이 건드렸던 황천의 돌이다. 거기에 빛의 기둥까지 쐬었다. 무슨 힘을 갖게 되었는지는 알 수 없었지만 보통의 것과 다르다는 건 알겠다.

마치 총알처럼 기류가 유선형으로 갈라져 뒤에서 폭발한다. 제트 스트림.

한순간, 카이의 순간속도가 음속을 돌파한다.

"마마, 망설임이 없어졌어."

그 순간 샤의 주변으로 술식이 뻗어나간다. 주문을 타고 마력이 화살이 된다. 전격의 화살이 카이의 주변을 맴돈다. 샤은 카이의 목을 꺾어 방향을 바꾼다. 카이의 몸이 드디어 신전의 입구 천장에 붙어 날아오른다.

"적이다—!"

샤은 방아쇠를 당기듯 시동어를 마친다.

"썬더 샤워."

카이의 양 날개 아래로 번개의 화살이 탄막이 되어 쏟아진다. 한 발 한 발은 약하지만 마비 효과가 있다. 번개의 비가 적을 향해 일제히 쏟아진다. 천장을 타고 카이는 계속해서 미끄러진다. 높이 10미터의 문. 안으로 들어갈수록 천장이 낮아진다. 이렇게 되면 어차피 싸울 수밖에 없었다.

샤의 뒤로 눈사태가 파도처럼 밀려온다. 병사들이 눈

속에 파묻힌다. 카이가 날개를 꺾어 몸을 웅크린다. 입구의 끝. 천장에 달린 아주 작은 문을 샨은 발견한다. 문을 당긴다. 눈이 죽음처럼 밀려온다.

"카이!"

카이의 몸이 순식간에 작아지고 샨은 그대로 카이를 붙잡고 안으로 굴렀다.

탕!

문을 닫기가 무섭게 지진처럼 통로가 울렸다. 사람의 단말마가 칼날이 되어 마음을 가른다. 죽었으리라. 분명히 죽었으리라. 아무리 본인이 쓴 마법에 살의가 없고, 가벼운 전격 마법이었을 뿐이라 해도 뒤에 밀려오는 눈사태를 만든 건 자신이었다.

그 사람들도 소중한 사람이 있었으리라. 누군가의 아비였고, 누군가의 남편이었으리라.

그걸 장난감처럼 부숴 버렸다. 에론 형을 위해서.

샨은 결국 구토를 했다.

눈물 섞인 헛구역질 소리가 복도를 울린다.

"마마."

"괜찮아. 괜찮아, 카이."

첫 살인이 손에 느낌도 없이 지나갔다. 이제 더 이상

착한 사람이라고 스스로를 자부할 수 없게 되었다. 자기 내면의 선한 구석을 믿을 수 없게 되었다.

샨은 어렵게 몸을 일으킨다. 지금은 괴로워하는 감정조차도 사치다.

"구해……야 해."

아아, '류인'은 이 상황조차도 예견했던 걸까. 그렇다면 이 얼마나…….

"아냐, 아냐. 깊게 생각하면 안 돼. 이 상황에서는."

억지로 사고의 수문을 닫는다. 머릿속 댐 안에 생각이 끓어넘친다. 금방이라도 둑이 터질 것 같았다. 그럼에도 샨은 억지로 막는다. 만약 여기서 흘러가는 대로 놔두었다가는 영원히 원래대로 돌아갈 수 없을 것 같았기에.

샨은 허리춤에 맨 칼을 쥐었다.

멘탈리움 소드.

주인의 마음을 그대로 비추는 검.

카이가 입에서 푸른 불꽃을 만든다. 마력을 사용하지도 않았는데 불꽃이 스스로 살아 있는 것처럼 주변을 비춘다.

통로가 밝아지자 망막이 따갑다. 양 옆에는 옛날 사람이 그린 벽화가 수놓아져 있다.

'역시 고대 유적을 이용해 만든 모양이네.'

벽화에는 사람과 우주, 그리고 꿈 이야기가 그려져 있었다. 그 아래에는 고대어가 간간히 적혀 있었는데 샨은 이해할 수 없는 언어였다.

둘은 계속해서 앞으로 걸어갔다.

"카이는 무섭지 않아?"

"뭐가?"

"누군가를 죽이는 것."

샨의 말에 카이가 송곳니를 딱딱 부딪친다.

"적을 죽여서 기뻐. 마마의 적을 더 많이 죽이고 싶어."

"카이는 드래곤이구나."

늘 어린아이처럼 천진한 모습만 봐 왔는데 역시 카이는 드래곤이다. 애초부터 육식동물이고 인간과 다르니 어쩔 수 없다는 생각은 들었지만 한편으로는 씁쓸하기도 했다.

통로의 끝에 도착했다.

"막다른 길 같네."

카이가 코를 킁킁거린다.

"마마, 벽 너머에 뭔가 있어. 바람이 느껴져."

과연 손을 대니 벽돌 사이로 바람이 느껴진다. 달의 눈을 발동시켜 구조를 살펴본다.

"응, 구조를 보니 부숴도 될 것 같다. 붕괴하지는 않을 것 같아."

카이가 가볍게 에어 브레스를 쏜다.

쿵!

벽돌이 무너지며 뒤에 있는 공간이 모습을 드러낸다. 마찬가지로 통로다. 다만 더 멀찍이 연결되어 있는 통로. 그 통로에서는 병사로 보이는 자들과 모험가와 용병이 뒤섞여서 샨을 바라볼 뿐이었다.

"여어, 밖에 굉음이 들렸는데 괜찮아?"

다행히 아군으로 여기는 모양이다. 샨은 먼지를 탁탁 털며 자연스럽게 들어왔다.

"괜찮습니다. 별일 아닙니다."

저도 모르게 티스와 비슷한 억양이 나왔다. 연기가 어색하진 않았을까?

"조심하라고. 그 자식을 죽이기 전까지 우리는 죽어도 죽는 게 아니니까."

"……그렇군요."

"넌 그 자식에게 뭘 잃은 거냐? 저놈은 마을 하나를 전부 날렸다던데."

그 말에 궁수로 보이는 사람이 낄낄낄 웃었다.

"옆 영지 좀 갔다 오니 다 뒤져 자빠져 가지고는 내 손으로 우리 엄마랑 할배, 옆집 아저씨까지 다 묻어 줬지 않냐. 내가 그날 이후로 열흘 동안 밥을 못 먹었어요. 지금도 돼지고긴 못 먹어. 사람 살 타는 냄새 같더라고."

샨은 카이를 끌어안은 팔에 힘을 주었다. 궁수가 깡마른 손으로 화살을 다듬었다. 궁수는 앞에 있던 기사를 턱으로 가리켰다.

"야, 너는 어쨌냐?"

"우리야 흔한 일이지. 그놈의 전략에 필요하다고 늦여름에 물길을 막아 버리더라고. 밀이 다 썩어 죽었지. 성이 물에 잠겨서 점령은 쉽게 한 모양인데 우리 가족은 다 굶었어."

"킬킬킬, 원래 다 그렇지."

"나중에 엄마가 내 남동생 솥에 넣고 삶았잖냐. 이야, 맛이 얼마나 끔찍했는지."

그는 욕설을 내뱉으며 자조했다. 이번에는 그가 옆에 있는 검사를 툭툭 건드렸다.

"그래도 저 새끼보단 낫지. 저놈은 같은 편인데 에론 알테리온 남동생 가지고 농담 좀 했다고 혀가 잘렸잖아. 저놈은 평생 혀 병신으로 살아. 말은커녕 음식 맛도 못 느끼며 산다."

늙은 검사는 흡사 짐승이 울부짖는 소리를 냈다. 마치 지옥에서 올라온 듯한 목소리다. 그 검사와 눈이 마주친다. 급하게 시선을 피한다. 궁수가 물었다.

"그래서 너는 무슨 원한이 있는 거냐?"

그때 혀가 잘린 기사가 샨을 가리킨다. 두 번째 마디가 잘린 검지가 샨의 미간을 가리킨다. 그는 짐승의 단말마처럼 처절하게 소리를 지른다. 심상찮은 기색을 느꼈는지 그들이 일제히 샨을 응시한다. 이윽고 한 녀석이 말을 꺼낸다.

"그러고 보니 이 녀석 하얀 드래곤을 데리고 있네?"

늙은 검사는 계속해서 소리를 지른다. 그의 목에 힘줄이 뱀처럼 팽팽하게 요철을 그린다.

"그놈이 그랬지. 에론 알테리온의 동생이 올 거라고. 그놈은 천사처럼 생겨 놓고 악마 같은 드래곤을 갖고 있다고도 했지? 그 드래곤의 색이, 혹시, 너 설마……."

그 말이 끝나기가 무섭게 기사가 브로드 소드를 날린다. 군사용, 중검. 하지만 개조를 했는지 검신이 길고 폭이 넓다. 샨은 빛처럼 검을 뽑았다.

카아앙!

카이가 솟아올라 화염 브레스를 쏘았다. 푸른 불꽃이 질주한다. 가장 선두에 있는 놈이 고스란히 화염을 맞는다. 늙은 검사는 이번에는 등에서 거대한 바스타드 소드를 꺼낸다. 바스타드 소드가 카이의 브레스를 갈라 버린다.

콰앙!

통로가 밝아지며 그들이 샨의 얼굴을 본다. 그리고 샨 역시 그들의 얼굴을 본다. 이성이 증오로 물들어 가는 순간을, 광기가 불꽃이 되어 타오르는 순간을.

"죽여어!"

마력이 담긴 화살 수십 발이 쏟아진다. 샨은 허리를 뒤로 꺾어 화살을 피하고는 몸을 돌려 가까이에 있는 놈의 다리를 잘라 버린다. 멘탈리움. 주인의 정신 상태에 공명하는 검.

피가 샨의 뺨에 튄다. 헛웃음이 나온다.

'그래. 사람의 무의식이라는 게 조절할 수 있는 게 아니지.'

결국 에녹 교수님이 말하는 대로 흘러가고 만다. 본인은 누구도 죽이지 않고 끝낼 만큼의 고수도 아닐뿐더러 그렇다고 에론 형을 포기할 만큼 냉혈한도 아니었다.

평범한, 아주 평범한 한 사람의 무인(武人)일 뿐.

카이는 샨의 움직임에 맞춰 에어 브레스를 쏜다. 이럴

때는 파괴력이 강한 화염 브레스보다는 밀어내는 힘이 강한 에어 브레스가 압도적으로 유리하다.

아카데미에서 배운 지식도, 그동안 숱하게 연마해 온 무예도, 아무것도 기억나지 않는다. 피를 보니 머리가 시뻘게지는 기분이다. 검을 늘어뜨리고는 앞으로 내달린다.

카이는 그런 샨을 따라 날며 계속해서 엄호한다.

태어나자마자 주인을 보았고, 자라는 모든 환경을 주인과 함께해 왔다. 샨이 사용하는 보법부터 검술까지 본능적으로 알고 있었다. 용은 제 주인을 어떻게 해야 효율적으로 보조할 수 있는지 알고 있었다.

카이는 날아오는 활과 마법을 향해 진공 브레스를 쏘며 계속해서 길을 열었다.

샨은 그런 카이의 브레스에 맞춰서 달려간다. 그리고 한순간, 급가속한다. 샨의 몸이 그대로 벽을 달리더니 천장에 수직으로 달려들어 간다. 2차원으로 움직이는 적들을 상대하려면 3차원적인 기동력이 필요하다. 가장 먼저 쓰러뜨려야 할 건 궁수!

마치 매가 병아리를 덮치듯 샨의 몸이 궁수의 눈앞까지 덮쳐들어 간다. 궁수는 샨을 향해 활을 쏜다. 카이의 에어 브레스가 튕겨 내기에는 거리가 너무 가깝다. 샨은 허리의 회전을 이용해 어깨로 활을 받고는 그대로 놈의 두개골을 후려친다.

빠아아악!

뼈가 잘려 나가는 대신 몽둥이로 맞은 것처럼 으깨진다.

다행히 살기는 들어 있지 않았다. 궁수의 몸이 쓰러진다. 다음은 젊은 검사다. 샨이 부탁하지도 않았는데 카이는 전격 브레스로 바꿔 쏘기 시작한다. 에너지 필드가 샨을 따라 바닥에 박힌다. 한 대라도 맞으면 마비가 온다.

젊은 기사는 혀를 찬다.

드래곤 마스터와 드래곤의 호흡이 너무 잘 맞는다. 마치 뇌 하나로 공유하는 두 개의 몸처럼, 10분의 1초 단위로 둘의 움직임이 맞물려 움직인다.

'그렇다고 포기할 수는 없다. 놈 때문에 잡아먹힌 내 동생이 울고 있어!'

뱃속이 거북하다. 동생이 위 속에서 아직도 몸을 웅크리고 있는 것 같다. 증오가 태아처럼 맥동한다.

"그렇게 아끼는 동생이 네놈이라면 팔 하나 정도는 날려 버려야지!"

균형 잡힌 롱소드가 샨의 목젖을 향해 찔러 들어온다. 마력이 담겨 있다. 검 하나로 막기에는 무리. 양손의 검을 교차해서 아래에서 위로 후려친다.

카앙!

'느려, 느려느려! 율케스의 검에 비하면 훨씬!'

칼날이 사선을 그린다. 놈의 이마에 빨간 줄을 그어 주기 직전, 늙은 검사의 바스타드 소드가 밀려온다.

카이가 전격 브레스를 쏜다.

늙은 검사는 카이의 브레스를 검날로 쳐 낸다.

'강하다!'

하지만 브레스와 칼날이 부딪치며 흰빛이 폭발한다. 샨은 빛을 등지고 있었기에 다행이지만 빛을 마주 보고 있는 젊은 기사는 순간적으로 흐름을 잃었다.

0.5초.

아주 짧은 마비였지만 그걸로 충분했다. 샨의 검이 놈의 팔 한쪽을 날려 버린다.

"크아아아악!"

그러고는 늙은 검사를 향해 달려간다. 그의 등에 칼을 찔러 넣었다. 칼날이 그의 어깨를 관통한다. 급소는 아니다. 그러나 그렇기에 어리석었다. 늙은 검사가 샨의 목을 향해 검격을 날린다. 죽는다. 죽는다!

샨은 다른 손에 있는 검으로 그의 목을 찌른다.

피가 눈으로 치솟는다. 정맥이 아닌 동맥의 피.

심장과 가까운 곳의 피는 이렇게 아름다운 색이구나. 샨은 현실감 없이 그리 생각한다.

검을 뽑아내자 거구의 몸이 무너진다.

사람이, 사람이 죽었다.

아까와는 달랐다. 자신의 손으로 직접 생명을 끊어 버린 셈이다. 생명이 잦아드는 감촉이 손가락으로 느껴진다.

눈물이 나왔다. 심장이 부서질 것만 같았다.

"카이, 나 사람을…… 죽였어."

등 뒤로 고함 소리가 들린다. 팔을 잃은 검사다.

"죽여! 이 개자식아! 죽여!"

카이가 말했다.

"마마, 뒤처리 안 해?"

"하고 싶지 않아."

카이가 날개를 퍼덕였다.

"저 사람들 돌아갈 수 있어?"

절벽을 파내서 만든 고대 유적, 퇴로는 샨 알테리온 자신이 막았다. 결국 이곳에서 출혈 과다로 죽을 뿐이고, 만에 하나 운이 좋아서 살아남는다면 곧장 칼을 들고 등 뒤에서 샨을 찌르러 돌아오리라. 길은 하나. 결국 방법도 하나.

"너무해. 너무해, 카이."

샤의 말을 이해하지 못했는지 카이의 고개가 갸웃거린다.

샤의 검이 빛을 갈랐다. 젊은 검사의 목이 하늘을 난다. 기절한 궁수의 목도, 다리가 잘린 도적의 심장도 으깨진다.

차갑다. 이곳은 너무 차가워서 움직일 수가 없었다.

더 이상 늦어지면 안 된다는 건 알고 있었다. 에론 형의 목숨이 걸려 있다는 것도. 그러기 위해서는 혈로를 뚫어야 한다는 것도 알고 있었다.

그럼에도 몸이 움직이지 않았다. 샤은 계속해서 울었다. 바닥에 주저앉아 한참이나 꺽꺽대기를 반복했다. 그렇게 10분. 소년은 과거의 자신을 죽여야만 했다.

그때 먼 곳에서 걸음 소리가 들렸다.

"뭐야. 보급 팀이 왜 여태 안 오나 했더니만."

익숙한 목소리에 고개를 올리니 크롬이 그 자리에 서 있었다. 샤은 한참이나 크롬을 바라본다.

"네가 왜 여기에……?"

"알테리온가의 가장 큰 숙적이 대체 어느 가문이라고 생각하는 거냐?"

그건 마이어하트 가문 혼자 생각이고, 사실 샨이 있는 알테리온 가문은 아무 생각 없이 살고 있다고 말해 주고 싶다. 크롬이 말했다.

"가문 자격으로 왔어. 아버지는 아랫놈들 몇 명 모아서 보낼 생각이었는데 내가 직접 왔다."

크롬은 툴툴거리며 죽은 시체의 가방을 뒤져 식량을 꺼내더니 그걸 전부 자신의 마법 가방에 담아 넣었다.

"그런데 너 진짜 못 싸운다. 알테리온 맞냐? 고작 보급 부대 몇 명 상대로 쩔쩔매? 상처 보니 헛손질 엄청 해 댔네."

"……."

"전투는 안 하고 그렇게 토끼기만 하니까 실력이 안 늘지, 원."

샨이 무릎을 끌어안는다.

"너도 내 형 죽이러 온 거야?"

"미쳤어? 네 형 죽이면 내가 어떻게 샤이린 양을 보라고?"

쿨럭!

샨은 그 자리에서 혀를 깨물어 피를 토할 뻔했다.

"샤, 샤이린?"

"내가 우리 아버지 허락까지 받아 왔잖아. 내가 그 허락 얻으려고 무슨 짓을 했는지 넌 모를 거다."

크롬의 목소리가 평소보다 들떠 있었다. 뭘 했는지는 몰라도 절대 알고 싶지 않다고 샨은 작게 중얼거렸다. 그래도 크롬을 만나니 조금은 마음 한구석이 풀린다. 크롬이 앉아 있는 샨에게 손을 뻗는다. 샨은 그런 크롬의 손을 쥐려다가 멈춘다. 손에 피가 묻어 있었다.

피를 옷에 쓱쓱 문대고는 크롬의 손을 붙잡았다.

"크롬. 나는 악일까?"

"그런 게 어디 있어. 형을 구하려는 착한 동생이지."

"그러면 형을 죽이러 가는 사람들은?"

"가족이나 친우의 원수를 갚으려 하는 좋은 사람들인 거고."

크롬이 샨의 손을 당긴다. 샨은 쉽게 몸을 일으킨다. 몸 안의 긴장했던 근육들이 우드득 소리를 낸다. 샨이 물었다.

"가장 나쁜 놈은 누군데?"

"류인 황자 MK—2."

시원스러운 대답에 그만 웃음이 터졌다. 웃음 사이로 눈물이 새어 나와서 멈추지를 않는다.

"병신."

크롬은 낮게 읊조리더니 샨의 뒷목을 툭 쳤다.

"칼 들고 싶다더니 뭘 바란 거야. 각오한 일이잖아."
"응. 알아."
"무가(武家)라서 시체에는 익숙하잖아. 너."
"그것과 그 시체를 내가 만드는 건 또 다르더라."
샤은 크롬을 따라 앞으로 걸어갔다. 통로의 끝. 문득 샤은 뒤를 돌아보았다. 식어 있는 시신의 눈을 하나하나 바라보며 작게 물었다.
"언젠가 이 사람들의 소중한 사람들이 내게 원수를 갚는 날이 올까?"
"전부는 아니겠지. 보통은 잊고 새로 시작하려고 노력해. 진짜로 사는 거 포기하고 칼 뽑는 놈은 흔치 않아. 잊으려고, 잊으려고 노력하겠지. 계속해서 절망을 삼키고 삼키다가 그래도 살 것 같으면 살아가는 거고. 먹고 죽을 것 같으면 너부터 죽이러 오는 걸 거고."
"그래."
"그래도 뭐, 이 장소에선 네가 죽였는지는 모를 거다."
"아아."
크롬은 살인에 익숙했다. 그도 그랬다. 그의 친구들인 율케스도 티스도 단테스도, 심지어 넬조차도 모두 누군가를 죽이는 데에 익숙했다. 이 세계는 검과 마법과 몬스터가 있는 곳이고 황제 폐하조차도 약육강식으로 탄생하는 곳이니까.

'이제 두 번 다시 예전의 나로는 못 돌아가겠지.'

그래도 어쩔 수 없었다. 에론 형의 목숨엔 그럴 만한 가치가 있으니까.

4.

거미줄처럼 이어지는 어두운 복도를 얼마나 걸었을까. 이 길이 정녕 끝이 없는 것만 같았다. 다행히 선봉대 덕분에 먼저 죽은 시체를 보고 함정의 위치를 파악하거나 누군가가 해제해 놓은 함정을 편하게 넘어갈 수 있었다.

"플라멜은?"

샤의 질문에 크롬이 말했다.

"가방에서 쉬고 있어."

"플라멜도 잠이 많아?"

"평균보다는 적어. 그래도 전투를 하고 나면 바로 자려고 하더라고."

"그건 카이와 똑같네."

"에너지를 많이 소모하는 일이니까."

크롬은 크래커를 입에 넣고는 우물거렸다. 샨이 죽였던 보급대의 보급품 중 하나였다. 크롬은 샨에게 크래커 한 조각을 꺼내 건넨다.

"먹어. 아까부터 아무것도 안 먹었잖아. 이 앞은 강한 놈들밖에 없어. 보아하니 함정도 점점 줄어들고 있는 걸 봐서는 뛰어서 따라잡아도 될 거 같아."

밀반죽에 벌꿀과 아몬드, 호두를 넣어 굳혔다. 단순히 전투 식량을 만든 게 아니라 먹는 사람 입맛에도 맞게 신경을 쓴 모양이다. 샨은 크롬의 손만 바라보았다. 크롬이 덧붙였다.

"형을 위해서라면 뭐든 한다더니 고작 쿠키 한 조각 먹을 용기도 없는 거냐?"

샨은 결국 크래커를 받아 입에 넣고 씹었다. 달콤한 꿀과 아몬드 사이로 흐릿하게 피비린내가 묻어나는 것 같았다. 그렇기에 있는 힘껏 씹어 삼켰다.

"바보 자식."

손끝이 떨려서 진정되질 않았다. 그래도 이 이상은 전투에 방해만 될 뿐이다. 번민도 죄책감도 어차피 이 앞에서는 사치일 뿐.

"하나 더."

샨의 말에 크롬은 세 개를 더 집어준다. 연거푸 세 조각을 삼키고는 호흡을 삼킨다. 산다는 건 어차피 그런 것. 누군가가 살기 위해 다른 누군가가 희생되어야 한다. 그게 짐승이든 사람이든.

에론 형을 희생시킬 바엔 그 사슬 속에 뛰어들겠다고 결정한 건 바로 자신. 샨은 달려간다.

샨의 속도에 맞춰서 크롬은 뒤따라간다.

'기이하다.'

크롬은 생각했다. 조금 전 죽은 시신의 상태가 괴이했다. 보통이라면 첫 살인 때 많이 주저하는 게 당연했다. 크롬 자신도 그랬다. 영지 순찰을 나갔다가 우연히 맞닥뜨린 도적놈들이 그의 첫 살인 상대였다.

노인을 태워 죽이고 임산부의 배를 갈라 태아를 꺼내고 어린아이를 성폭행하는 끔찍한 놈들이었다. 누가 봐도 한 치의 동정을 줄 여지도 없는 놈들이었다.

그럼에도 당시 크롬은 칼을 망설였다.

놈들을 처단해야 한다는 명령은 머리에 입력이 되었으나 손이 끝까지 나가길 거부했다. 당연했다. 그는 검을 수련했고, 수련하는 동안은 누군가를 죽인 적이 없었으니까. 그는 대련을 했고, 대련에서는 언제나 마지막에 항복을 하면 검을 거두는 게 습관이었으니까.

신경줄이 가늘고 굵은 걸 떠나서 그냥 사람이라면 어쩔 수 없는 망설임이었다.

이건 비단 크롬 자신뿐만이 아니었다. 칼 밥을 먹는 이라면 반드시 한 번은 겪는, 그런 어쩔 수 없는 숙명 같은 것이었다.

샤은 달랐다.

'칼에 망설임이 없었어. 분명 죄책감을 갖고 있고 괴로워했으면서 마지막까지 망설임이 없었다.'

단순히 알테리온 가문의 출신이라서?

아니다. 그 집안의 사람들은 벌레 하나 죽이는 것도 조심하라 가르친다 하지 않던가. 죽이는 게 본업인 만큼 살인은 더욱 신중해질 수밖에 없다.

'정이 많은 건 아르고와 비슷하지.'

그 기이했던 여름방학 이후로 아르고의 상단과 거래 겸 종종 만나곤 했다. 인상은 좋았지만 계산이 빠르고, 그렇기에 친해지기 어려운 사람이지만 한번 자기 사람이라는 생각이 들면 반드시 의리를 지키는 호인이었다.

그러나 조금 전 샤이 그 시신에 보여 줬던 상흔들은 에론의 것에 가까웠다.

'못한다고 타박은 했지만.'

그 절단면은 소름이 돋을 정도로 깔끔했다.

크롬은 샨의 뒤태를 바라보았다. 달빛 어린 칼날처럼 선이 매끄럽다. 첫 살인의 충격이 가시지 않았는지 아직도 손을 떨고 있다.

'감정이란 게, 살의라는 게 손바닥 뒤집듯이 바뀔 수 있는 건가?'

마치 시위를 당긴 활처럼 손을 놓는 그 순간 감정을 죽일 수 있다는 게 말이 되나? 그것도 몇 번 사람 도살해 본 인간 백정도 아니고, 평생 토끼 목 하나 비틀어 본 적 없는 소년이?

'비틀려 있어. 뭔가. 뭔가 굉장히 비틀려 있다.'

달의 뒷면을 본 느낌이다. 평소에는 결코 볼 수 없는 그런 광경이 펼쳐지고 말았다.

'큰일이야. 저 녀석 내 사돈이 될 놈인데……. 아닌가. 레이디 샤이린을 지키려면 이 정도 강단은 있어야 하는 건가?'

샤이린을 떠올리자 샨에 대한 생각이 180도로 변한다.

뒤틀린 이상한 놈에서 강단이 있는 놈으로, 할 때는 하는 놈으로.

'그래. 사나이라면 이 정도는 해 줘야 하는 거 아니냐. 좋은 거지. 좋은 거야.'

샨은 아르고와도 닮았지만 에론과도 닮아 있었다.

극과 극인 성격이었지만 기이하게도 샨은 둘 다 가지고 있었다.

겉으로 봐서는 삼총사 중에서 가장 정상적인 건 늘 샨이었다.

'진실도 그럴까?'

나무에 어깨가 으스러져도 재수가 없었다고 몸을 턴다. 손발이 잘리거나 부러져도 웃으면서 생살을 꿰맨다. 친구를 위해 목숨을 걸면서도 보상을 바라지 않는다. 그리고 지치지 않는다. 고독을 두려워하지도 않는다. 그저 광오한 적의를 향해 다시 달려간다.

어쩌면 가장 미쳐 있던 것은…….

크롬은 생각하기를 멈췄다.

이 이상 갔다가는 두 번 다시 원래 장소로는 돌아올 수 없을 것 같았기 때문이다.

5.

적이 나타났다.

샨은 가볍게 몸을 튕긴다. 카이가 샨의 옷자락 사이에서 빠져나와 브레스를 쏜다.

그에 발맞춰서 크롬의 화룡, 플라멜이 화염을 내뱉는다. 두 드래곤의 브레스가 만나자 더 강한 화염이 폭발했다.

콰앙!

샨은 폭발 범위를 정확하게 계산해서 몸을 날린다. 몸에 타격이 가지 않을, 그러나 폭발력을 이용해 몸이 떠오를 만한 장소에서 단숨에 적을 향해 달려간다. 엄연히 말하자면 아직 미숙하다.

검로는 투박했고 팔 힘은 부족했다. 이제 겨우 마나패스를 연결했을 뿐이지 일반 검사들이 내는 파워에 비하면 훨씬 부족했다. 그러나 결정적으로 망설임이 없었다.

샨의 칼이 그의 목 아래 부드러운 곳을 파고든다.

빠악!

멘탈리움 소드가 주인의 의지에 맞게 스스로를 둔탁하게 변화시킨다. 베지는 않았지만 그 타격력이 어디 가는 게 아니다. 목젖을 고스란히 얻어맞은 터라 적의 숨이 한

순간 멎는다. 샨은 그의 뒷목을 후려쳐 기절시킨다.

그와 동시에 샨의 몸이 천장에 올라가 거미처럼 붙는다.

"크롬, 너에게 고백할 게 있어."

"뭐지?"

"이 일이 끝나면 고백할 게 있어. 샤이린에 대한 이야기야."

크롬의 손끝이 차갑게 식었다. 어감을 들어 보니 결코 좋은 이야기는 아닌 것 같았다. 그래도 상관없었다. 설사 그녀가 장애가 있어서 걷지 못하는 몸이 되었거나 평생 앞을 보지 못하게 되었거나 시한부 인생 판정을 받았다고 해도 책임질 각오는 되어 있다.

주문도 외우지 않고 손끝에서 화염이 폭사한다.

"좋아. 기대되는군. 그나저나 샨, 더 이상 사람은 죽이지 않는 거야?"

"응, 괜찮아. 네가 있으니까."

단단한 믿음이 어깨를 감싼다. 그것만으로도 크롬의 입가에 미소가 걸린다. 좁은 공간에서는 드래곤 마스터의 능력이 반감된다. 기본적으로 드래곤 마스터가 온전히 힘을 다하려면 공중에서 드래곤의 거대한 체구와 마력을 이용해 공습을 퍼붓는 게 훨씬 유리하다. 그렇기에 보통 드래곤 마스터를 공격할 때 에론 알테리온 같은 전략가들은 좁은 지형을 미리 전쟁터로 잡아 놓는다.

협곡 같은 곳에 덫을 놓고 날개를 제한시킨다.

'류인 MK—2도 비슷한 걸 생각한 거겠지.'

샨 알테리온이라면 모를까 크롬 마이어하트를 상대한다면 이야기가 달라진다. 좁은 공간이든 넓은 공간이든 그에게는 상관없는 이야기니까.

크롬의 동공에서 빛이 떠오른다. 쓰러진 이의 검이 크롬을 따라 솟아올랐다. 기이한 기색을 느꼈는지 궁수들이 석궁을 쐈다. 석궁은 일반 활보다 연사력도 강한 데다가 관통력도 상상을 초월한다. 강철 갑옷을 입어도 그걸 관통해 등 뒤에서 튀어 나올 정도다.

크롬이 손을 뻗는다. 염동력을 이용해 방향을 바꿀 거라고 샨은 지레짐작했다. 그러나 보여 준 건 그 이상이었다.

크롬은 손을 들어 볼트를 모두 막아 낸다. 마치 허공에 벽이 있는 것처럼 볼트들이 그대로 멈춰 움직이지 않는다. 그가 손짓을 하자 볼트들이 저마다 거꾸로 날아간다.

"뭐, 네가 하지 않는다면 나도 하지 않겠어."

크아아악!

볼트가 적의 팔과 다리, 허벅지에 박힌다. 한순간에 적들을 전투 불능으로 만들었다. 샤이 물었다.

"두통은? 예전에 그 힘 쓰면 두통이 심해서 안 한다고 하지 않았어?"

"옛날보다는 훨씬 괜찮아. 참을 만해."

수련이라도 했나. 아니, 그 전에 염동력이라는 게 수련이 가능한 영역인가? 애초부터 소수의 자들에게 내려진 선택받은 힘 아니던가. 재능이 전부인 힘일 텐데 그게 개발할 수 있는 물건인가?

샤은 고개를 갸우뚱했다.

어느 쪽이든 상관없었다. 그의 친우는 훨씬 강해졌고, 힘은 모든 것을 간단하게 만든다.

"뭐해? 가자."

크롬은 뭘 그리 대단치도 않은 것에 시간을 끄느냐는 듯 바지 주머니에 손을 넣고는 천천히 앞으로 걸어갔다. 활이든 마법이든 더 이상 통용되지 않는다는 걸 깨달은 적들은 할버드며 검을 들고 달려왔다.

"저것까지 염동력으로 쳐 버리자니 염동력이 아깝고."

크롬이 발을 들었다. 그의 명품 구두 아래로 불꽃이 치솟는다. 가벼운 킥이다. 그것도 폭발력을 가진 킥.

콰앙!

발차기 한 번에 폭탄이라도 맞은 것처럼 날아간다.

손으로 불꽃을 내는 것과 발에서 화염을 뿜는 건 난이도가 차원이 다르다. 그것도 단순히 불을 뿜을 뿐 아니라 공기를 압축했다가 터뜨리면서 폭발력까지 만들었다. 이 일련의 행동 그 어디에도 마법을 위한 준비 동작은 없었다. 무엇보다 그런 폭발을 뒤집어썼는데 신발은 티 없이 멀쩡하다.

"드래곤…… 같아."

"반은 비슷해."

크롬은 거기까지만 말하고는 허리에 걸친 칼을 한 번도 뽑지 않고 한 놈 한 놈 잘근잘근 밟아 주기 시작했다.

"칼 안 써?"

"이래 보여도 전설의 대장장이 카이 알테리온이 과거에 제작한 13개의 넘버링 중에서도 제2 넘버링 소드다. 저딴 잡졸들 잡다가 흠집이라도 나면 어쩌려고 그러냐."

"카이 알테리온? 우리 선조님? 대장장이셨어?"

샤의 얼빵한 질문에 크롬은 한순간 복장이 뒤집어졌다.

"제1 넘버링 소드가 알테리온 소드잖아! 칼 수집가라면 누구나 한 번쯤 갖고 싶어 하는 전설의 검! 카이 알테리온의 검은 모두 13자루! 만든 순서대로 1부터 13까지의 숫자를 역으로 계산해서 매겨. 알고 있냐? 가장 초기에 제작한 검이 13번이고 가장 마지막에 만든 검이 1번, 알테리온 소드다!"

크롬의 주먹에 불이 붙는다.

그는 기공파 대신에 화염 진공파를 적의 명치를 향해 냅다 쏴 버린다. 샨이 대꾸했다.

"책에서는 그런 이야기가 없었어."

"당연하지. 그 시대에 여자들에 대한 기록이 몇이나 있겠으며, 카이 알테리온이라는 자는 역사에 남을 위인도 아니었고, 너희 집안 인간들처럼 검술 수행 나가서 용사 영웅기 같은 것도 만들지 않았어."

진공파가 폭발하며 굉음을 터뜨린다. 그러거나 말거나 크롬은 말을 이어나갔다.

"거기다가 단순히 전설의 검이라고 하기에는 악인들의 손을 너무 많이 거쳤고, 경매장에 나온 역사 자체가 거의 없어. 검이 유명해지려면 일단 자주 경매장에 출현해서 전문가들에게 심사를 받아야 하는데, 거의 너희 집처럼 대대로 물려주는 경우가 많아. 넘버링을 매겼다고는 해도 그건 이제 와서 후손들이 매긴 거지. 그 전에는 그 검들이 카이 알테리온의 것이 맞는지 진품 여부조차도 논의가

분분했으니까."

그런 대단한 검이란 말이야?

물론 알테리온 소드는 대단한 검 맞다. 모든 환상을 부수고 모든 마법적인 것을 허무로 돌려 버린다. 스스로 소유주를 선택하며 주인이 아니라 생각하는 자는 검을 쥐는 것만으로도 화상을 입힌다.

그 외에 뭔가 숨겨진 힘이 있다는 건 리오 형을 통해 알게 되었다.

"그러면 네가 가지고 있는 건 알테리온 소드 바로 전에 만든 검이라는 거네?"

"아마 알테리온 소드보다도 강할걸."

그래, 꼭 마지막에 만드는 게 가장 강하리란 보장은 없으니까.

"그러면 넘버링된 검 외에 다른 검이 나중에 발견될 수도 있겠네."

"그렇겠지. 일단 지금은 내가 들고 있는 검이 제2 소드. 비원이 담긴 검이지."

"비원?"

그때 적이 바스타드 소드를 날린다. 이걸 이마로 들이받았다가는 사망이다. 크롬은 놈의 손목을 발끝으로 후려

치더니 가슴을 향해 쌍장을 날린다. 화염이 내장을 터뜨리는 소리가 울린다.

"지금 내가 사용하고 있는 힘과 비슷해. 진짜 마법이지."

뭔가 점점 더 알기 어려운 소리만 하고 있다.

샤은 작게 한숨을 내뱉었다. 어느 쪽이든 친우가 강해졌다니 기뻐할 일이다. 비록 그 친우가 이 검은 너희 집안 가보보다 더 강한 검이라고 열심히 피력하고 있다고 해도 말이지.

한편으로는 무인 특유의 질투도 솟아올랐다.

'나도 이젠 강해졌다고 생각했는데.'

크롬에 비하면 제자리걸음이나 다름없다. 이걸 단순히 재능의 차이라고 할 수 있는 걸까. 대체 뭐가 부족한 걸까.

샤은 크롬을 따라 적을 하나둘 처리했다. 엘프 검술 특유의 매끄러운 검격이지만 크롬에 비하면 한참이나 뒤처졌다.

'아냐. 다른 생각은 하지 말자. 지금은 감사해야 할 때.'

무인이 무(武)에 대한 욕심이 지나치면 낭인이 된다. 기사들 중 숱하게 많은 자들이 적이 자신보다 강하느냐에만 신경 쓰며, 결국 적과 부딪치는 데에만 모든 것을 사용한다. 본인이 모시던 주군조차 버려 버리고 길거리로 나와

강하다는 검사를 찾아 결투를 건다. 나중에는 치명상을 입고 치료사들이 만류하는데도 검을 들고 나가는 경우가 있는데 이런 자들을 좋은 말로 방랑 검객, 나쁘게 말하면 낭인이라고 부른다.

에론 형이 과거 이들에 대해 말한 적이 있었다.

'저자들은 머리에 못이 박혀 있어서 그걸 빼기 전에는 계속 같은 행동을 반복할 수밖에 없다.'

무슨 못이냐는 질문에 에론이 답했다.

'나는 저자보다 강한가……라는 못이지. 재미있는 게, 이성은 만류해도 결국 몸은 그걸 확인하러 달려가게 돼. 중독이거든. 내가 저자보다 강하다는 것을 알게 되었을 때의 쾌감은 절색의 계집을 품었을 때 얻는 쾌감보다도 강하니까.'

그렇기에 죽을 때까지 그 망념에 사로잡혀 검을 휘두른다고 했다.

그게 마약과도 같아서 한번 빠지면 나갈 수가 없다고도 했다.

'가장 좋은 건 나의 강함과 재능을 믿고 굳이 그걸 확인하지 않는 거다. 검이란 놈은 묘해서 확인하면 확인할수록 수명을 한 움큼씩 가져가거든. 정보료치고는 비싸지.'

샨은 되물었다. 형은 단 한 번도 그런 적이 없는지. 에론이 대답했다.

'그걸 확인해서 나에게 무슨 메리트가 있지?'

형은 그런 부류의 인간이었다. 그리고 샨은 그런 형이 싫지 않았다.

강해지고 싶다. 남들보다 강해지고 싶다. 그럼에도 그걸 확인해서는 안 된다. 가벼운 대련 정도라도 자주 해서는 안 된다. 무기는 어디까지나 필요한 순간에만 꺼내야 한다.

샨은 크롬을 따라 달렸다. 점점 더 강한 적이 나오는 곳을 찾아서.

아마 그 끝에는 에론 형이 있으리라.

크롬은 얼마나 강해진 걸까?

달리면서 든 의문이다. 크롬은 단 한 번도 검을 뽑지 않았다. 모두 발과 주먹 그리고 플라멜의 가벼운 공격만으로 해결했다. 이것만으로도 말도 안 되는 힘이다. 마법도 없이 자유자재로 화염을 쓰며 폭발시킨다. 거기다가 각력이나 악력 모두 기존 크롬의 것을 훨씬 상회하고, 순간 폭발력 역시 마찬가지였다.

그 증거로 여태 숱하게 많은 적들을 처치해 왔는데 크롬의 옷에는 단 하나의 구김 자국도 없었다. 숨어서 칼을 꽂으려는 도적놈을 구두 밑창으로 잘근잘근 밟는 크롬에게 샨은 물었다.

"에론 형을 구출하면 샤이린 양을 허락해 달라고 할 거야?"

"당연하지. 나에게 목숨을 빚졌으니 결혼 정도는 허락해 주겠지."

안타깝다. 저렇게 강해졌으면서 아직도 눈깔이 삐어 있다니.

역시 신은 모든 것을 다 퍼 주진 않는 모양이다. 신은 크롬에게 재력과 권력과 미모와 검술과 드래곤 마스터로서의 재능에 심지어 염동력까지 주었지만 주변 사람들의 말을 귀담아듣는 능력과 사람의 얼굴을 파악하는 눈썰미만큼은 허락지 않으셨다.

샨은 어서 에론 형을 구출하고 이 비극에 종지부를 찍기로 마음먹었다.

'숙적이라 자부하는 마이어하트가의 종손이 알테리온가의 차남을 구하러 온 시점에서 이미 상황은 내 손을 벗어난 거야.'

그래, 밝히자. 자수해서 광명을 찾자.

어차피 치욕은 잠깐이다. 그 잠깐의 치욕을 피하기 위해 여기까지 오지 않았나. 물론! 그래서 이렇게 형도 편하게 구하게 되었지만, 이 이상 친우를 등쳐먹는 것도 사람이 할 짓이 아니지 않나.

"무슨 생각해, 샨?"

크롬의 질문에 샨은 환하게 웃었다.

"아무것도 아니야."

최초의 불꽃이 미용으로 내린 덕분에 웃음 한 번만 지어도 주변에 빛이 쏟아진다. 천사의 후광이 따로 필요 없었다.

남자도 반할 미모지만 크롬은 결코 얼굴을 붉히거나 샨에게 시선을 돌리지 않았다. 그에게는 샤이린 양이 있기 때문이다. 이 세상에서 가장 아름다운 것은 샤이린 양. 그에 비하면 샨의 아름다움 같은 건 바람 앞의 낙엽일 뿐.

얼마나 더 미궁을 헤맸을까. 마침내 마지막 관문으로 보이는 곳에 도달했다.

긴 복도, 복도 끝에서는 빛이 새어 나왔다. 카이가 코를 킁킁거렸다.

"마마, 바람이 느껴져. 피 냄새도 나."

이대로 그냥 지나가기에는 복도에 쓰러져 있는 시신들이 너무 많았다. 크롬은 바닥에 있는 돌을 가볍게 찼다.

돌이 복도를 날아가는 순간 천장에서 거대한 도끼가 내려왔다.

카앙!

도끼는 정확히 돌을 반 토막 내더니 다시 천장으로 올라갔다. 크롬이 휘파람을 불었다.

"지나가는 사람을 숨겨진 칼로 내리찍는 건가? 복잡한데?"

샨이 물었다.

"염동력으로 혹시 가능하겠어?"

"저렇게 거대하고 빠른 것을 염동력으로 붙잡는 것도 귀찮을뿐더러 이 복도에 저런 칼날들이 적어도 수십 개는 될 거야. 일일이 붙잡으면서 전진했다가는 끝도 없어."

"그렇다면?"

"그냥 빠르게 지나가는 게 맞겠지. 네 카이는 지나가는 게 가능해?"

천장까지의 높이는 5m 정도.

높이는 둘째치고 폭이 문제다. 카이는 같은 체급의 용

들 중에서도 유달리 날개가 큰 편이다. 가속을 하려면 날개 힘으로 해야 할 텐데 물리적으로 불가능하다.

샨이 고개를 저었다.

"힘들 거야."

"내 플라멜은 날개 폭이 좁은 편이라 가능해. 하지만 제 속도를 내려면 나 혼자 타야 할 거다."

샨이 대답했다.

"내가 직접 달릴게."

"네가 아무리 빨라도 저건 힘들……."

샨이 딱 잘라 말했다.

"지금까지 내가 전속력을 낸 적은 딱 한 번뿐이야. 거기다가 난 지금 훨씬 성장했고."

"좋아. 너 반 토막 나도 책임 안 진다?"

샨이 고개를 끄덕인다. 크롬이 손을 뻗자 플라멜이 원래의 모습으로 커진다. 카이보다는 작지만 꼬리가 길다.

새빨간 비늘이 근육에 따라 약동한다. 용이라기보다는 마치 하나의 예술품 같았다. 그것도 온몸이 루비로 되어 있는 그런 보석.

그럼에도 눈동자만은 하늘만큼 청명했다. 크롬이 플라멜 위에 올라탄다. 플라멜은 도움닫기를 위해 뒤로 물러

난다.

“내가 먼저 지나간 다음에 네 차례다.”

샨이 고개를 저었다.

“아니. 동시에 지나갈 거야. 플라멜이 늦으면 너라도 안고 피해야 하니까.”

지금 이 소년은 중형급 화룡의 순간속도를 상회할 수 있다 말하고 있다. 크롬이 엷은 비웃음을 흘렸다.

“자신 있는 모양이군.”

샨은 담담히 대답했다.

“안 갈 거야? 늦으면 먼저 간다.”

그 말에 자존심이 상했다. 크롬은 플라멜에게 주문을 외우고는 그대로 시동어를 걸었다.

“헤이스트.”

순간속도를 빠르게 하는 마법이다. 플라멜의 몸 주변으로 바람이 일었다. 크롬은 또다시 주문을 외우고는 시동어를 읊는다.

“윈드 워커.”

바람의 가호로 발걸음 자체를 빠르게 보조해 주는 마법이다. 이렇게 크롬은 플라멜을 향해 몇 겹의 보조 마법을 걸어 강화시킨다.

마침내 더 이상 겹칠 수 없을 만큼의 마법을 걸고 나서야 플라멜의 고삐를 잡아당긴다. 플라멜이 바닥에 첫발을 디딘다.

바닥이 갈라진다.

투우우웅!

그 순간, 플라멜의 속도가 음속이 되어 날아간다. 마치 총알과도 같았다. 동체 시력을 뛰어넘었다고 생각하는 순간, 샨이 움직인다.

샨 알테리온식 특수 보법, 블레이즈 스텝!

카이의 마력이 심장부터 중추혈을 지나 다리로 쏟아진다. 샨의 가는 허벅지가 한순간 부풀어 오른다.

탕!

첫발로 한 번 땅을 박차는 순간 샨의 모습이 순식간에 플라멜 옆을 지나쳐 시야에서 멀어진다. 샨의 소매가 바람을 이기지 못하고 찢어질 것처럼 부풀어 오른다. 플라멜이 기압을 가르며 날개를 펼친다.

2차 가속!

크롬은 주문을 이미 완성했다.

"플레임 캐논!"

마치 로켓을 쏘아 올리듯 플라멜의 뒤에서 화염이 폭사

된다. 그리고 그것은 고스란히 운동에너지가 되어 플라멜을 가속시킨다. 빠르게, 더욱 빠르게.

샤의 머리카락이 가까워진다. 그 찰나, 샤은 한 번 더 시야에서 사라졌다.

2단 가속 보법, 무음 비행!

발끝이 바닥에 닿았다. 아니, 닿은 것 같지가 않았다. 닿기도 전에 샤의 모습이 긴 선처럼 빨라진다. 흡사 샤이라는 존재를 길게 늘여 잔상을 만든 것만 같다.

그리고 드디어 복도에 접어든다.

샤의 바로 뒤에서 도끼날이 날아온다. 크롬은 가속해서 더욱 속도를 높인다.

카앙!

다행히 둘 다 모두 무사하다. 샤은 일부러 보조라도 맞추려는 듯 크롬의 옆에서 달려 나간다. 자존심이 상한 크롬은 더욱 가속한다.

"버스트 부스터!"

불꽃이 플라멜의 날개를 감싼다. 공기의 저항을 흘리기 위해 미리 만들어 둔 보호막 사이로 화염이 치솟는다. 플라멜이 샤을 추월한다. 그걸 기다렸다는 듯 샤은 플라멜 바로 뒤에서 바짝 붙어 달린다.

불릿 효과.

어차피 공기의 저항은 크롬이 받는다. 그런 크롬의 뒤에서 힘을 비축해 둘 요량이다. 거기다가 흘러간 공기가 크롬을 따라가는 샨 바로 뒤에서 모인다. 제트 효과.

이미 인간의 몸으로 중형 드래곤의 순간속도를 쫓아가는 것부터가 상식을 뛰어넘는데 거기에 이용까지 하다니 미친 짓이다.

'달리는 것 하나만은 천재적이지.'

검술은 못해도 그것 하나만은 누구보다 뛰어나다고 자부하지 않던가. 크롬의 화염이 꽃잎처럼 흩어진다. 만약 질주로가 조금이라도 흔들렸다가는 크롬과 플라멜이 만들어 낸 화염을 온몸으로 뒤집어써야 한다.

쾅, 쾅, 콰아앙!

샨의 뒤에서 도끼가 밀려온다. 그리고 그 끝을 본다. 샨은 각력에 힘을 더한다.

쿵!

샨의 작은 체구가 크롬의 머리 바로 위로 뛰어오른다. 천장과 가까우면 위험하다. 도끼가 샨의 머리카락을 스쳐 지나간다.

샨은 떨어지는 도끼날의 옆면을 발로 밟고는 그걸 주축

으로 진각을 밟는다.

투웅!

가벼운 탄력감이 몸을 밀어 올린다. 마치 아크로바틱을 하듯 샨은 플라멜의 주둥이를 붙잡아 밟고는 플라멜을 추월한다.

콰앙!

도끼가 크롬과 플라멜 뒤에서 밀려왔다.

그리고 샨은 한순간 자신이 방심했음을 깨달았다. 복도 끝에는 절벽밖에 없었다.

샨의 몸이 추락한다. 절벽 아래에는 칼날이 솟아 있었다. 수없이 많은 적들이 칼에 찔려 있다. 그 순간, 크롬이 떨어지는 샨의 옷자락을 붙잡고 날아오른다.

"바보! 조심 좀 해!"

그리고 그대로 절벽 끝에 착지했다.

쿵!

샨은 한참이나 바닥에 주저앉아 숨을 고른다. 크롬은 플라멜을 원래의 크기로 돌린다. 플라멜은 가방에 몸을 집어넣고는 머리만 내밀고 한참이나 가쁜 숨을 내쉰다.

분명 순간속도에서는 드래곤이 낼 수 있는 최고 속도를 뛰어 넘었다. 단순히 알테리온 가문의 보법이 뛰어나다거나 하는 말로 넘기기에는 지나치게 빨랐다. 알테리온 가문의 누구도 샨만큼 빨리 달리지는 못할 거라고 크롬은 생각한다.

크롬은 수통을 꺼내서 샨에게 건넨다. 샨은 물을 마시는 대신 얼굴에 들이부어 열을 식힌다. 그렇게 한참이나 가쁜 숨을 몰아쉬다가 겨우 몸을 일으켰다.

"이 함정을 뛰어 넘을 사람이 있긴 할까?"

"모르긴 몰라도 없지는 않을 거다. 그리고 이제 이 앞에서 만나게 될 놈들은 우리만큼 강하거나 우리보다 강하겠지."

샨이 이마를 찌푸리며 웃었다.

"그것 참 난감하네."

"그래도 끝이 다가오는 것 같아."

그 말에는 동의한다. 이 앞에는 긴 복도밖에 없었다. 시체도 없었고 피 냄새도 없었다. 샨은 몸을 일으켰다.

6.

끝없이 이어지던 통로도 드디어 끝났다. 통로의 끝, 까마득한 저 아래에는 에론 형이 서 있었다.

"에론 형!"

"아아!"

에론 형의 손에는 알테리온 소드가 들려 있고, 그의 주변에는 시체가 산처럼 쌓여 있었다. 모두 혼자 처리한 걸까, 샨은 궁금해졌다. 에론 형이 손을 뻗었다.

"와 줄 줄 알았다. 이리 와라, 샨."

기쁜 마음에 샨은 카이를 거대화시킨다. 카이의 등에 올라타려는 찰나 크롬이 그를 막는다.

"잠깐만."

"왜?"

크롬은 샨의 말에 대답하지 않았다. 그저 에론 형을 주시하며 질문을 내뱉을 뿐이었다.

"진짜 에론 알테리온이라면 왜 스스로 밖으로 나오지 않는 거지? 사지 멀쩡하고 칼도 멀쩡하지 않나. 검의 귀재씩이나 되는 사람이 여길 혼자 못 벗어날 리가 없어."

에론 형이 몸을 움직인다. 그의 한쪽 새끼손가락이 잘려 있었다. 샨이 말했다.

"에론 형 맞아. 이거 봐, 크롬."

그래도 크롬은 샨을 붙잡은 손을 놓지 않았다.

"대답해 주시지!"

크롬의 말에 에론이 대답했다.

"샨을 기다리기 위해서입니다."

"어째서?"

에론은 대답하지 않았다. 이윽고 짧게 세 단어를 내뱉는다.

"여기에서 데려가기 위해서."

미묘하게 행간이 이상했다. 샨이 말했다.

"크롬, 에론 형은 내게 거짓말을 하지 않아. 이거 봐. 에론 형이 맞아! 거기다 다쳤다고! 내가 보낸 알테리온 소드도 들고 있잖아."

그 말에 크롬이 반격한다.

"알테리온 소드가 제 주인도 아닌 이의 손에 얌전히 들려 있을 리가 없어. 에론 알테리온은 가주가 아니잖아?"

샨이 대답했다.

"뭔가 사정이 있겠지!"

형이다. 세상에서 가장 소중한 형이다. 그렇게 보내 놓고 다시는 못 볼 거라 마음 졸였던 형이었다. 다행히 사지는 멀쩡해 보이지만 셔츠 아래로 출혈 자국이 지독하다. 빨리빨리 치료해 주지 않으면 안 될 거라는 생각에

초조한 마음이 들었다.

크롬은 샨의 팔을 거칠게 당긴다. 샨의 몸이 뒤로 넘어질 것처럼 휘청거린다. 샨이 소리 지른다.

"이거 놔!"

조금만 더 가면 형이다. 샨은 이성을 잃고 만다. 결국 크롬은 샨을 놔준다. 샨은 그대로 에론을 향해 날아가 바닥에 착지하고는 가방에서 구급상자를 꺼낸다.

크롬은 그런 샨을 쫓아 아래로 내려간다.

증거는 없다. 그냥 뭔가 감이 좋지 않을 뿐이다. 그러나 그거 하나만으로는 붙잡을 수가 없었다.

"형, 괜찮아? 일단 포션!"

그대로 포션 병을 따서 형의 상처에 붓는다. 아니, 부으려고 한다. 그 순간, 에론의 손이 샨의 뒷목을 내리친다.

퍽!

카이가 비명을 지른다.

"마마!"

무방비 상태로 쓰러진다. 주인 잃은 포션 병이 바닥에 나동그라진다. 에론은 샨을 품에 안고는 검을 뽑아 들었다.

"가만히 있어 주십시오, 드래곤. 당신 주인이 다치는 게 보고 싶지 않다면 말입니다."

그 말에 카이가 지지 않고 소리 질렀다.

"나쁜 인간! 너야말로 절대로 마마를 다치게 하지 않을 거잖아!"

"맞습니다. 하지만 반지를 뺄 수는 있죠."

"주인의 허락 없이는 그 반지 못 빼!"

"반지 낀 손가락은 자를 수 있습니다. 그렇게 되면 당신과 샨의 연결은 끊어지겠죠."

크롬의 주변으로 살기가 솟아올랐다.

"웃기는군. 이게 정말 내가 아는 그 에론 알테리온인가 싶어. 동생의 머리카락 한 올마저도 광적으로 집착하던 이가 아니었나?"

에론의 안경이 스산한 빛을 반사했다.

"그만큼 위험한 상황이니 말입니다, 크롬 마이어하트 군. 동생의 목숨을 구하기 위해 어쩔 수 없이 감수하는 희생이죠."

"무슨 말을 하는지 점점 더 모르겠군. 샨은 당신의 목숨을 구하기 위해 이 먼 곳을 왔어."

"알고 있습니다. 누구보다 사랑스러운 아우님이시니까요."

그는 카이를 향해 검을 겨눈다.

"당신이 선택할 것은 두 가지입니다, 드래곤 씨. 이대로 저를 막다가 영영 주인을 못 만나거나 아니면 저와 함께 떠나거나."

카이의 피막이 우산처럼 펼쳐진다. 이 사람은 막을 수가 없다. 그동안 마마의 곁에서 숱하게 봐 오지 않았던가. 이 인간이 어떤 인간인지를.

카이는 고개를 숙였다.

"나는, 나는……."

카이가 말꼬리를 흐리자 크롬이 소리 지른다.

"웃기지 마! 이대로 샨을 들고 도망친다면 내가 허락할 것 같아?"

"애초부터 당신 따위의 허락 여부는 중요치 않습니다, 크롬 마이어하트 군. 어차피 알테리온 소드는 제 선택을 존중했고, 세계를 구하기 위해서는 몇 가지 불편한 절차가 남았을 뿐이니까요."

"무슨 소리인지 점점 모르겠군."

"류인 황자가 남긴 진실이라고 표현하는 게 좋겠군요."

그 순간, 크롬의 주변에 화염이 치솟았다. 크롬의 분노를 타고 플라멜이 거칠게 포효한다.

"그놈 편에 붙었나?"

“말하자면 깁니다만 굳이 댁에게 그런 친절을 베풀 필요는 없지 싶군요.”

상성이 나쁘다. 너무 나쁘다. 에론과 알테리온 소드라니.

에론이 무슨 선택을 했는지 모르겠다. 그러나 알테리온 소드는 에론을 잠시나마 주인으로 인정한 모양이다. 그렇다는 말은 모든 환상을 베는 검이 에론의 뜻에 맞춰 움직인다는 뜻. 크롬은 검 손잡이에 손을 가져다 댄다.

어쩌면 이 검을 손에 넣은 건 운명일지도 모른다.

가장 먼저 움직인 건 크롬이었다. 크롬을 따라 에론의 흑색 머리카락이 부풀어 올랐다.

“그래요. 그렇군요. 이왕 만난 거 기념품 삼아 팔다리 하나쯤은 챙겨 가는 것도 좋겠지요.”

검이, 은의 사선이 화염을 갈랐다. 그 순간, 샤의 그림자에서 금속 새가 튀어 나왔다. 새는 스스로 부서지더니 그 파편으로 마법진을 만들었다.

율리츠 란츠크네.

샤의 목숨이 위급할 때 돕기로 했던 그 약속이 지금 빛을 발한다.

Chapter 2
새끼손가락

1.

— 잘못된 건 어느 쪽?

거울 속의 샨이 물었다. 손에 담뿍 묻어나는 피를 끌어안으며 샨은 설피 울었다. 피는 장미로 변해 쏟아지기 시작했다.

— 잘못된 건 어느 쪽?

거울 속의 샨이 웃었다.

꿈이었다. 눈을 뜨니 새하얀 방 안에 홀로 갇혀 있었다. 자잘한 상처들은 모두 치료되어 있고 무기는 침대 옆에 놓여 있었다. 몸 어디도 묶인 곳이 없었고 창문은 보란 듯이 열려 있었다.

"아."

창밖으로 새 소리가 울렸다. 밖을 내려다보니 까마득한 절벽이 이어졌다. 밖은 바다. 여기는 어딘가의 섬이다. 그것도 변변한 항구도 없는 그런 섬.

"일어났구나."

에론 형의 목소리다. 샨은 에론 형을 올려다보았다.

"형."

"그래."

에론은 치킨 수프를 탁자에 내려놓는다. 나무 그릇에 정갈하게 담겨 있다. 너무 뜨겁지도 너무 미지근하지도 않은 딱 먹기 좋은 온도. 거기다가 샨의 취향을 살려 나무 식기를 함께 내려놓는다.

샨은 허기가 졌지만 음식에 손을 대진 않았다.

"왜 그랬어."

"앞으로 일어날 일로부터 너를 지키기 위해서."

"그게 무슨 소리야?"

에론은 후추 통을 집어 들고는 담담히 뇌까렸다.

"신은 미쳤고, 세계는 곧 멸망한단다."

"그게 무슨……!"

"아예 짐작이 가지 않는 건 아닌 모양이구나."

엘, 엘이 있다. 엘이 제정신이 아니라는 건 이제는 샨도 알고 있었다. 그리고 엘이 이 세계의 멸망에 어느 정도 관계가 있다는 것도 짐작은 하고 있었다. 샨이 대답했다.

"엘이 없으면 이 세계가 없어."

"그 녀석의 이름이 엘이라는 것도 알고 있구나, 동생."

후추가 수프 안에 스며들었다. 샨이 대답했다.

"그가 깨어나면 이 세계는 멸망한다고 했어."

"그래. 그래서 이 세계를 지키는 게 내 일이지."

어떻게? 그래서 어떻게 지킬 건데?

이 말이 목 밖으로 튀어나오려고 한다. 그러나 샨은 입을 도로 다물었다. 에론 형 페이스에 말려들어 가는 건 싫었다. 물론 에론 형은 소중한 형이고, 사랑하는 가족이다. 그러나 에론 형이 세상의 전부인 줄 알았던 그 옛날로 돌아가고 싶은 생각은 없었다.

지금은 샨의 세상이 있다. 친구들이 있다. 이윽고 샨이 물었다.

"류인 황자가 말한 거야?"

"이미 너보다 먼저 알고 있더군. 그의 의견에 전적으로 동의한 건 아니야. 나는 나대로 행동할 테니까."

샨이 물었다.

"그의 계획은 뭔데?"

"본인이 신이 되겠다더군. 엘 대신 세계를 짊어지겠다는데, 마법 이론적인 부분이야 이미 내 인지를 아득하게 넘었으니 그건 둘째 치고라도 그놈이 다스리는 세계가 멀쩡할 리가 없지. 그놈 정신머리만큼이나 미쳐 돌아갈 테니까."

샨이 물었다.

"그 말을 진실이라 믿어? 누가 들어도 터무니없잖아."

"샨, 네가 알고 있는 게 전부라고는 생각하지 말거라. 제국에서는 네가 태어나기도 전부터 이변에 관한 많은 정보를 입수하고 있고, 어떤 부분에서는 네가 알고 있는 것보다 더 많은 부분을 알고 있다. 그저 결론 한 발자국을 앞뒀을 뿐이지."

샨은 멍하니 수프를 바라보았다. 배는 고프고 이대로 먹지 않으면 식을 거다. 그걸 바라지는 않지만 그렇다고 먹을 수는 없었다. 수프 한 방울이라도 혀끝에 닿았다간 에론 형을 용서할 것만 같았다.

"그래서 형은 어쩔 건데?"

"신은 그대로 신으로 놔둔다. 그저 깨어나지 않도록 할 거다."

"깨어나지 않는다면?"

"신이 왜 아카데미 밖으로 나가지 못하는지 알고 있나?"

"아니. 어째서야?"

에론은 수프를 떠서 샨의 입가에 가져다 댄다.

"신의 몸체가 그곳에 잠들어 있다고 추측하고 있어. 이제는 그게 류인 황자 덕분에 확신으로 변했다만."

문득 류인이 지난 축제 때 아카데미에 왔다 갔던 일이 떠올랐다. 그때의 방문은 단순히 티스와 교섭하는 것만이 목적이었던 걸까? 아니, 그 이상으로 중요한 일이 있었기 때문이었나.

에론 형이 말했다.

"신이라 해도 그 본체는 피와 살로 이루어져 있다."

"형, 그건……."

"그래, 이 세계를 이루는 몇 안 되는 '진실된 것' 인 거지. 꿈으로 이루어지지 않은 그런 것. 인간의 기술도 많이 진화했단다. 샨, 왜 아카데미가 일곱 개의 탑으로 이루어져 서로 경쟁하도록 독려했을까? 왜 제국은 긴 시간 동안 일곱 개의 탑 중 어떤 탑도 없애지 않고 그 자리에 남겨 경쟁하고 또 경쟁하게 만들었을까?"

샨은 형의 스푼을 손으로 밀었다.

"무슨 말이야?"

"이제 인간의 기술로도 아슬아슬하게 전신마비 정도는 가능하겠더군. 두 번 다시 깨어날 수 없게. 깨어나도 아무것도 할 수 없게. 그저 자는 것밖에 하지 못하는 인형으로 만들 수 있다."

샨은 기어이 스푼을 쳐낸다. 달콤한 국물이 바닥에 흩뿌려진다. 샨이 소리 질렀다.

"그게 이 세계를 여태 지탱해 온 분에게 할 짓이야?!"

"그래, 그보다 더한 짓도 할 수 있어. 널 위해서라면."

샨의 목소리에 물기가 배어 나왔다.

"웃기지 마, 형! 그런 일이 용납될 리가 없어. 심하잖아. 그건…… 너무 심하잖아!"

"이게 최선이다. 누군가를 살리고자 하는 일이 누군가를 죽이고자 하는 일임을 이제는 너도 알 텐데?"

에론은 스푼을 주워 드는 대신 샨의 손목을 붙잡아 자신의 얼굴에 가져다 댄다. 손바닥 가득 코를 박아 냄새를 맡고는 속삭였다.

"그렇게 씻었는데도 아직도 피 냄새가 남아 있구나."

이 손으로 사람을 죽였다.

형을 살리기 위해 타인을 죽여야 했다. 강자로서의 자비를 베풀 만큼 변변치 못해서, 그만한 실력도 없는 주제에 이상만 높아서.

결국 생명을 거둬야 했다.

에론 형이 한 글자씩 또박또박 발음했다.

"넌 이제 순백이 아니란다, 아우야."

마음이 부서지는 소리가 들렸다. 녹은 빙하가 깨지는 소리였다. 이제는 돌아올 수 없는 먼 이상향이 삼켜지는 소리였다. 세계가 흔들렸다.

선악이 없는 거울의 양면 속에서 이상은 천천히 녹아 없어진다.

손이 떨린다. 죽은 이의 감촉이 손끝에 남아 사라지지 않는다.

에론이 말했다.

"그때에도 넌 한 번도 망설이지 않았다더군."

떨림이 없어지지 않는다. 샨은 벌거벗은 몸으로 빙해에 들어간 것처럼 몸을 떨었다.

저도 모르게 내뱉은 울음소리가 흡사 짐승의 통곡과 같아서, 에론의 입가에 작게 미소가 걸렸다.

다행이었다. 그의 동생은 천사님이 아니었다.

너무 밝고 신성해서 그 빛에 자신 따위는 녹아 없어질 것 같았는데 이제는 자신과 똑같은 곳으로 추락해 주었다.

그것도 자신을 위해서 직접 몸을 버렸다.

멘탈리움.

주인의 살의에 답하는 검.

단 하나의 변명도 통하지 않는 검.

샨도 알고 있으리라. 그 당시 자신은 분명 살의를 품었음을, 타인의 생명을 끊은 건 오로지 본인의 선택이었음을. 형의 생명을 위하여.

진흙을 끌어안고 통곡하는 아우를 보며 에론은 희열했다.

이제 경애하는 아우는 두 번 다시 순백으로는 돌아갈 수 없었다.

에론은 비명을 지르는 동생을 억지로 끌어안았다.

'아아, 신이시여. 구원하지 마소서. 한 번 닫힌 천국의 문은 두 번 다시 열리지 않으니.'

세계는 아름답고 자상하며 잔혹하고 더러웠다. 샨은 이제 오롯이 이곳에 있다.

망가지고 부서진 채로.

2.

'형, 미안해.'

샨의 한쪽 눈에서 눈물이 흘러내렸다. 왜 눈물이 나는지는 알 수 없었다. 아니, 모르는 척하는 것일 뿐이었다. 일반적으로 첫 살인을 저지르고 느끼는 죄책감이, 그 알 수 없는 죄의식이 고스란히 몸속에 삽입된 것뿐이니까.

그 심장에 파고드는 이물감을 없애고자 하더라도 한 번 박힌 것은 사라지지 않는다.

이제는 죽인 자의 수만큼 살아가는 수밖에 없었다.

'미안해. 형.'

알테리온 소드는 에론 형을 택했다. 리오 형과 에론 형. 아르고 형은 일찌감치 집을 나가 가주 자리를 걷어찼다고 해도 샨은 내심 다음 가주는 리오 형이 되리라 생각했다. 알테리온 소드는 늘 그렇다.

보통 선대 가주가 죽어서 다음 가주가 정해지면 가주의 의식을 치러서 검에게 인정을 받거나 아니면 현 가주도 죽기 전에 본인 스스로 다음 대 주인을 선택하기도 한다.

스스로 생각하고 결정하는 검. 자아가 있는 검이니까.

명령에 따라 기계적으로 움직이는 마법 검이나 마법 생

물인 골렘과는 달랐다.

고집도 강했고 변덕도 강했다. 그래서 알테리온가의 사람들은 자조하듯 한탄하곤 한다.

알테리온가의 가주는 알테리온 소드라고.

이지(理智)가 있는 그 검이 이 시기에 다음 대 가주를 선택한 것을 어떻게 생각해야 할까. 그것도 가장 강한 자인 리오 형을 두고 가장 냉정한 자인 에론 형을 택한 것을 어떻게 봐야 할까.

의식도 치르지 않았음에도 검은 에론 형에게 스스로 몸을 맡겼다.

선대 가주, 카이 알테리온이 만든 의지는 대체 무엇을 향하고 있는 걸까.

'세계를 지키기 위해서겠지.'

샨은 어두운 방 안에서 몸을 웅크렸다. 에론 형이 주는 건 수프 한 방울, 물 한 모금 삼키지 않은 상태로 소년은 자신의 몸을 안으로, 안으로 조여 나갔다.

굶주리고 피폐한 짐승이 되어 스스로를 몰아붙였다.

'알테리온 소드는 알테리온가의 숙원 그 자체. 이 세계가 이 세계로서 기능하길 원하는 이름 없는 신과 카이 알테리온과 그녀의 손에 희생당한 용신이 만들어 낸 저주.

인간이 종(種)으로서 존재하기 위한 마지막 발악. 모든 환상을 부수는 검.'

새카만 어둠 속, 샨의 눈동자가 푸른빛으로 점화되었다.

이제 더 이상 순백이 아니기에 소년은 스스로의 심장을 맷돌처럼 갈았다.

소년이 삼킨 진흙은 단순히 오탁이 아니었다. 그것은 지혜의 과실이기도 했다.

빛만 봐서는 보이지 않는 것도 있다. 어둠을 맛봤기에 알 수 있는 것도 있었다.

'사람을 죽인다는 건, 죽임으로써 다른 이를 살린다는 것과도 같아. 알테리온가는 그걸 계속해서 해 왔어. 세계를 위해서 타인을 죽이지. 그렇다는 건 이번에도 무언가를 죽여서 세계를 구하라는 뜻일 거야.'

신을 죽여서. 아니, 신을 한없이 죽음과 가까운 상태로 만들어서.

이 세계를.

구한다.

그러나 그 정의가 옳다는 생각은 하지 않는다. 동조하지도 않는다. 에론 형은 자신의 모든 것을 이용해 아카데미를 칠 거다. 하지만 그게 전부라고는 생각하지 않는다.

'예전의 나라면 형의 애정에 녹아들었겠지.'

이제는 그 애정이 한없이 뒤틀린 블랙에 가깝다는 걸 알게 되었지만.

물기가 뺨을 타고 침대 시트를 적신다.

이제는 형의 애정에 마냥 동조할 수 없는 몸이 되었다.

'이상한 일이지. 왜 자식은 늘 부모가 예상하는 것보다 먼저 날아가 버리는 걸까.'

샨은 눈물을 닦았다.

'그래도 사랑했어. 형.'

비뚤어진 애정이라도 형이었기에.

피는 물보다 진하니까.

샨의 그림자 밖으로 새가 한 마리 날아올랐다. 기계 새였다. 대체 그림자 어디에 숨어 있었던 걸까. 샨은 기계 새를 한참이나 바라보았다. 기절하기 직전, 이 새를 보았던 것 같다.

꿈인가 하고 생각했는데 꿈이 아니었던 모양이다.

철로 만든 깃털부터 눈동자에 박힌 마정석까지 빈틈없이 설계해 놓은 물건이다. 누가 만들었는지 빤히 보이는 물건이기에 샨은 그의 이름을 불렀다.

"율리츠 란츠크네."

「샨, 데리러 왔어. 샨.」

금속 새가 깃털을 부딪치는 소리가 들렸다. 에론이 문을 열었을 때 샨이 있던 곳에는 아무것도 남지 않았다.

부풀어 오른 반투명의 커튼만이 무언가가 그 자리에 있었음을, 그리고 이제는 떠나 버렸음을 알려주었다.

주인 잃은 수프가 차갑게 식어 있었다. 에론은 의자를 끌어당겨 그릇 앞에 앉았다. 그리고 차가운 것을 한 스푼씩 삼켰다.

족쇄를 걸려면 걸 수도 있었으리라. 원한다면 이런 외딴섬이 아닌 아예 철저하게 외부와 단절된 지하실에 가둘 수도 있었으리라. 창문을 막았어도 됐으리라. 그러나 그는 그러지 않았다.

그런 건 에론의 미학에 어긋난 일이었다.

"다녀오렴. 다음번에는 폐허에서 보겠구나."

불타는 아카데미 안에서 신의 육신을 범하는 그를 보며 그의 동생은 어떤 얼굴로 오열해 줄까.

이게 정상적인 애정은 아니라는 것도 알고 있었다. 뒤틀렸다는 것도 알고 있었다. 그러나 기묘하게도 그가 하는 일은 세계를 위하는 일이기도 했다.

선악의 뒤집힌 고리 안에서 아이러니하게도 에론은 웃었다.

알테리온의 기나긴 숙업은 저주가 되어 에론을 택했다.

그것은 인간이라는 종(種)에게 있어 그의 선택이 옳다는 뜻.

산 것은 반드시 죽으며, 죽은 것은 두 번 다시 돌아오지 않도록.

해는 동쪽에서 떠올라 서쪽에서 지고, 물은 높은 곳에서 낮은 곳으로 흐르며, 겨울에는 춥고 여름에는 덥게, 암수가 만나면 새끼를 치고 그 새끼는 다시 암수를 만나 번식하도록.

빛이 있는 곳에는 어둠이 흩어지고 빛이 사라진 곳에는 어둠이 남도록.

위대한 섭리 안에서 애초부터 선악의 잣대는 중요치 않았다.

중요한 것은 그저 살고자 하는 생의 아우성뿐.

마지막 수프를 삼키고 에론은 검을 챙겼다.

사냥의 계절이 다가온다.

3.

기계 새에서 율리츠의 목소리가 들렸다.

창밖으로 뛰어내리란 말에 샨은 망설이지 않고 창밖으로 뛰쳐나갔다. 밖은 절벽이고 떨어지는 순간 몸이 사기 조각처럼 육편이 되어 부서질 거란 것도 알고 있었다. 그러나 율리츠는 샨의 얼굴을 원했다.

그 얼굴을 손상 없이 손에 넣기 위해서는 추락사란 그리 영리한 방법이 아니다.

창밖으로 뛰어내리는 찰나, 에론 형의 손을 본 것도 같았다. 새끼손가락이 없었다.

'어째서?'

잘린 손가락에는 보존 마법이 걸려 있었다. 여기 올 때도 품에 잘 간직하고 있었으니까 원한다면 언제든지 붙일 수 있다. 절단면도 깨끗했으니까.

거기다 깨어났을 때 자신의 품에는 그 손가락이 없지 않았던가. 그렇다는 건 형이 직접 빼냈다는 뜻.

'그런데도 내버려 뒀어. 이 이상 오래 되면 다시 붙이기 힘들 텐데도.'

검객의 생명은 손이다. 특히 에론 형처럼 밀리미터 단

위로 예민하게 검을 사용하는 타입은 손가락 하나만 없어져도 균형감이 달라진다.

그걸 모르지 않을 텐데 손가락을 붙이지 않았다.

'형…….'

어째서 하필 새끼손가락일까. 그리고 왜 붙이지 않는 걸까. 애초에 형의 손가락을 자른 건 류인 황자였을까. 아니면……?

생각은 길지 않았다. 그 순간, 카이가 샨의 몸을 낚아챘다.

"마마!"

"와 줬구나. 고마워."

샨은 카이의 목을 끌어안았다. 날아가는 카이를 플라멜이 뒤쫓았다. 크롬이었다.

"아, 샤이린 소개받기는 글렀군."

샨이 엄숙하게 손을 들었다.

"그것에 관해서는 네게 고백할 게 있어."

여기까지 온 이상 숨길 것도 없다. 그때 금속 새가 샨의 그림자에서 다시 튀어나온다. 새는 율리츠와 똑같은 목소리로 말했다.

「넌 내게 빚이 생겼어. 샨 알테리온.」

"얼굴을 받으려면 목숨을 구해 주기로 하지 않았습니까. 제가 작은 형에게 반기를 든 이상 어차피 그쪽에게 유리하게 돌아간 걸 텐데요."

새가 고개를 까딱인다.

「내가 얼굴 때문에 널 죽인다고 네 형이 가만히 있을 줄 아나. 너는 에론에게 반기를 들었지만, 그래서 에론이 그런 네가 미워졌다고 놓을 정도였으면 애초에 이런 문제가 생기지도 않았다.」

에론 형의 집착이 정상이 아니라는 건 율리츠도 알고, 샨도 알고, 크롬이 알며 이 세계의 모두가 알고 있었다. 이런 일 가지고 샨을 놓을 형이 아니었다.

크롬이 말했다.

"거기서 무슨 일이 있었냐? 널 딱히 감금한 건 아니었던데."

감금이라기보다는 대피에 가까웠다. 위험에서 피할 수 있도록 데려온 것에 지나지 않았다.

그게 형의 방식이었다. 샨은 카이의 비늘을 쓰다듬으며 한숨을 포옥 내쉬었다.

"우리 형이 그래도 동생한테는 자상해."

"그거 네 형 아니다. 스토커지, 미친놈아. 스토커에게는 무조건 냉정하게 대하라는 거 몰라? 니가 그러니까 스토커 새끼가 안 떨어지는 거잖아."

"머리가 좀 이상해도 형은 형이야."

"그래, 머리가 이상해도 칼질 하나는 살아 있지. 나 율리츠 아니었으면 팔 날아갈 뻔했어."

샨이 되물었다.

"칼 안 뽑았어? 자랑스러운 카이 알테리온 제2 넘버링 소드라면서?"

율리츠가 대답했다.

「결투를 시작하기도 전에 팔을 자르려 하더군.」

전략적으로 봤을 때 매우 옳은 선택이다. 다만 그 안에 검사로서의 로망이라든가 사회적인 정정당당함 따위가 거세되어 있어 문제지.

"배고파."

할 말은 많았지만 지금은 숨 쉬는 것도 버겁다. 크롬과 율리츠가 옥신각신하는 소리가 들렸지만 샨은 그냥 눈을 감기로 했다. 생애 가장 힘든 선택을 했다. 피로가 몸도 마음도 내리눌렀다.

4.

엘을 만나려면 가장 좋은 방법이 무엇일까. 그는 신이다. 이 세계를 지탱하는 신. 세계를 지탱하기 위해서 영원히 자고, 자고, 끊임없이 자야만 하는 신.

스스로의 정신을 끊임없이 마모시켜 가며 어떠한 약속의 한계에 도달한다. 이 세계의 인간 누구도 엘을 기억하지 못한다. 인간의 삶은 너무나도 짧기 때문이다. 엘프의 삶으로도 그의 생을 짐작하기 어렵다. 그를 기억하는 건 이제 아주 오래된 단 한 마리의 드래곤뿐이다.

최초의 드래곤이자 모든 드래곤의 어머니인 이서릴만이 홀로 이 중간계에 남아 그를 기억하고 있다.

단 한 점의 경배도 없이, 단 한 조각의 기억도 없이 몸은 학교 어딘가에 파묻힌 채 그대로 영원히 스스로를 혹사시킨다.

세상의 그 어떤 톱니바퀴도 영원히 회전할 수 없다. 마모되고 마모되고 마모되다가 마침내 이 세계라는 거대한 시계에 오작동을 일으킨다.

— 인간은 언젠가 대가를 치러야 해. 인간뿐만이 아니

지. 숨 쉬고 걷고 물을 마시며 해를 바라보고 달을 바라보는 모든 것들은 그에 합당한 대가를 치러야 해.

달이 대지에 입을 맞추는 순간, 그들은 빚을 진 거야. 지금은 부채 상황이지. 누구도 이 빚을 갚을 수 없어. 지금 이 순간도 생은 메아리치고 움직이며, 번식함으로써 신을 괴롭히고 있으니까.

— 고난 속에서 인간은 신에게 기도하지. 그렇다면 신은 누구에게 기도해야 하지?

꿈결 속에서 속삭이는 소리가 들렸다. 엘을 만나려면 꿈속이 가장 좋으리라. 그는 꿈을 꾸는 자이고, 꿈이야말로 현실인 존재이리니. 그러나 살아있는 것은 그 누구도 꿈결을 걷지 못하는데 어떻게 그를 만날 수 있을까?

광기와 예지의 영역인 그곳에서 누군가를 찾아낸다는 게 과연 가능한 일일까?

물살에 쓸려 내려가는 개미처럼 샨은 그저 푸른 포말이 되어 흩어지는 무의식을 본다. 깨어나면 모든 기억이 사라질 거다. 모든 꿈이 그렇듯 태양이 뜨면 꿈은 녹고 마는 게 이치니까.

'인간은 빚을 갚아야 해. 하지만 목숨값을 갚는다는 게 가능한 일일까?'

한 사람의 목숨값은 어떻게 책정해야 할까. 하물며 최초의 불이 피어오른 이후에 밀씨처럼 불어난 인간들의 목숨은. 먹고 마시고 타인을 살인하며 제 스스로도 부서지고 만 수억에 달하는 인간의 목숨은. 그리고 그들에게 먹히고 때로는 그들을 죽이며, 그들의 살점에 씨앗을 뿌리기도 하는 초목들의 목숨은.

그 삶은, 그 가격은 과연 무엇으로 치러야 할까?

에론 형은 답을 내렸다.

치를 수 없다고. 그 값은 누구도 치를 수 없다고.

어차피 재정 파탄이 난 은행을 상대로 빚 상환도 불가능한 우리라면 결국 택하는 건 한 가지 아니겠냐고.

'은행을 부수고, 은행장의 등에 칼을 꼽고, 차용증서에 불을 붙여 버리는 거지.'

야만적이다. 하지만 동시에 가장 효율적인 방법이다.

그 안에 있었던 애정과 맹약과 도덕을 거세한다면 가장 효율적이다. 야만과 철의 논리 안에서 알테리온 소드는 그를 긍정했다. 그러나 샨은 형을 부정한다.

그것은 이 세계를 위해 모든 것을 짊어져야만 했던 이에게, 그런 존재에게 할 짓이 아니었다.

생이란 그런 게 아니었다.

누구나 살기 위해 무언가를 죽이고 그것을 먹어야 하지만, 그게 생(生)의 의미라면, 그게 생의 전부라면 그건 과연 지킬 가치가 있는 걸까?

차라리 모든 것을 묻어서 무로 돌리는 게 낫지 않을까?

— 그건 허무야. 우리를 부정해서는 안 돼. 분명 우리는 살기 위해 죽이고, 무지로 인해 타인을 두려워하며 세계를 부수는 걸 멈추지 않지. 하지만 그게 삶의 본질은 아니야. 샨 알테리온.

아니다. 우리는 살기 위해 계속해서 누군가를 죽일 거다. 에론 형의 선택이 그렇듯, 우리를 낳아 주고 보호하는 어미조차도 해친다. 그런 존재라면 차라리 없어지는 게 낫지 않을까?

끊임없이 서로를 먹고 먹는 이 세계가 과연 지킬 가치가 있는 걸까?

— *샨…….*

이쪽 역시 제 손에 피를 묻혔다. 에론 형을 살리기 위해 타인의 목숨을 끊었다.

우리의 인생이 이런 악순환이라면.

— *허무에 삼켜지지 마.*

말을 걸고 있는 건 누구?

— *허무를 바라보지 마.*

지금 속삭이고 있는 건 누구?

꿈결 끝에서 샨은 은색 머리카락을 보았다. 흐린 날씨에 내린 한줄기 빗방울 같은 색이었다.

'엘…….'

은빛 머리카락의 소유자는 끝내 뒤를 돌아보지 않았다.

5.

"우리는 왜 살아가는 걸까. 무엇을 위해 싸우고 무엇을 위해 투쟁하는 걸까."

크롬이 대답했다.

"사춘기냐?"

그 말에 샨이 얼굴을 붉히고는 크롬을 향해 주먹질을 한다. 가까이 붙어 날고 있긴 해도 손은커녕 발도 닿을 거리가 아니다. 그래도 시늉만이라도 하고 싶다. 크롬이 말했다.

"진정 그 답을 찾는 순간이 어른이 되는 거겠지."

"넌 찾았어?"

"당연하지. 나는 샤이린 양을 위해 모든 것을 바친다."

"……미안해. 크롬, 정말정말 미안해. 내가 잘못했어. 미안해. 미안하다."

크롬이 고개를 갸우뚱했다.

"왜 사과하는 거냐? 기분 나쁘게."

"미안하다. 진짜 미안하다."

샨은 울기라도 할 것처럼 크롬에게 사과하고 또 사과했다. 이제는 진정 고백해야 할 때다. 친우는 말하고 있다.

샤이린 때문에 살고, 샤이린 때문에 싸우고, 샤이린을 위해 투쟁하고 있다고.

일이 이렇게 커져 버린 이상 밝히는 게 예의다.

그러나 그 상처는 누가 진단 말인가. 아니, 그 전에 저 놈이 한 여자에게 이렇게까지 푹 빠져 살게 될 줄 누가 알았단 말인가.

"그 샤이린 양 말인데…… 내가 아까 고백할 게 있다고 했잖아."

"응. 그게 뭐?"

심장이 목 밖으로 튀어나올 것만 같다. 크롬은 샨이 무슨 말을 하든 대수롭지 않게 넘어갈 준비를 했다. 그래! 그까짓 거 뭐, 이겨 내 주지! 나는 사나이니까!

크롬은 이렇게 대답할 준비를 했다. 그러나 그가 계획했던 대답은 샨의 다음 말 앞에서 무력하게 무너졌다.

"내가 샤이린이야."

"뭐?"

"내가 샤이린이었다고. 미안해! 일이 이렇게 커질 줄은 몰랐어. 사실 여장한 것도 내 의지는 아니었지만 어쩔 수 없었어."

"……."

크롬은 가타부타 말도 없이 샨의 얼굴을 한참 동안이나 바라본다. 안면인식장애가 있을 뿐이지 이해력은 빠른 친구다. 아니, 보통 사람보다 훨씬 날카로운 편이다.

"신입생 환영회 때는?"

"그때는 지젤이 입힌 거였어. 첫 만남이라면 첫 만남인데……."

샨은 엄숙하게 선언했다. 너의 핑크빛 순결한 첫사랑에 흙발로 들어갔노라고.

"아무튼 그렇게 됐어. 미안하다."

"……."

바람이 밀려온다. 크롬의 머리카락이 불꽃처럼 흩어진다. 그는 한참이나, 한참이나 숨을 고른다. 이윽고 크롬이 말했다.

"너는 아닐 줄 알았다, 샨. 솔직히 이렇게 널 구해 준 입장이기도 하니까 너는 진짜 나한테 이런 짓 안 할 줄 알았어."

"미안해. 어떻게 하면 내가 갚을 수 있을까. 응?"

크롬이 소리를 질렀다.

"아무리 아버지 사주를 받았다지만! 너까지 나한테 이러면 안 돼!"

"……응?"

"아, 지난번 메이드에 이어서 또 이 지랄이네. 이번에는 네가 여장한 거라고 말하라든? 우리 아버지가?"

크롬의 입에서 격한 욕설이 튀어나왔다. 뭔가 단단히 오해한 모양이다. 샨은 손을 저었다.

"아냐, 아냐. 이건 어디까지나 내 의지……."

"됐어! 한 번만 더 그딴 소리 해 봐. 절교해 버릴 테니까!"

그 말에 샨이 입을 쩍 벌렸다. 크롬은 흥분해서 계속 소리 질렀다.

"내가 살다 살다 기가 막혀서 진짜……! 지난번에는 샤이린이랑 닮은 사람으로 저택 여기저기에 장식해 놓더니, 용의 시험을 받고 나니까 이번에는 그 여자 죽었다고 사망 신고서를 조작해서 들고 오질 않나. 나중에는 타국에서 온 간첩이라고 가짜 증거를 만들어서 보여 주기까지 하더니, 이제는 니가 여장했다는 거냐! 나 눈깔 있거든?"

"그, 그래……. 너 눈 있긴 하지. 하지만……."

크롬이 소리 질렀다.

"내가 아무리 그래도 너랑 샤이린 양이랑 둘을 구분 못 할 거라고 생각하냐? 사람을 무슨 안면인식장애로 취급하는 것도 유분수지!"

그는 자신은 정상이며 둘은 전혀 다른 사람이고, 본인을 우습게 보지 말라 하고 있었다.

'본디 미친놈은 지가 미친 줄 모른다던데…….'

뭔가 단단히 오해하고 있는 것 같아 샨은 크롬을 진정시켰다.

"그게 아니야. 크롬, 내 말 좀 들어 봐."

"닥쳐! 내가 널 구해 준 은혜를 고맙게 여긴다면 닥치라고. 이건 내가 아버지 만나서 직접 이야기할 테니까. 대체 네가 어쩌다 매수된 건지 짐작도 안 간다. 너는 최소한 돈이나 명예 같은 걸로 움직이는 놈은 아니잖아."

샨은 생각했다.

'삶은 무엇일까. 나는 왜 이 고생을 하고 있는 것인가.'

크롬이 말했다.

"네가 날 배신한 건…… 그래, 한 번은 용서해 주지. 그러나 또다시 네가 샤이린이라고, 여장한 거였다는 그딴 소리 한 마디라도 더 했다가는 죽여 버릴 줄 알아. 사람을 바보 취급하는 것도 유분수지, 누굴 눈깔 병신으로 아나."

"크롬……."

"그 말 할 거면 닥쳐."

"……."

분노할 건 예상했다. 당연하니까. 그러나 이런 방향으로 이야기가 흘러갈 줄은 몰랐다. 샨은 포기하지 않았다.

"크롬!"

그가 싸늘한 목소리로 답했다.

"너…… 한 번만 더 그 말 하면 절교다."

"……."

그랬다. 왜 사기꾼 피해자들이 어째서 사기꾼들을 신고하지 못하는지, 왜 마지막의 마지막까지도 사기꾼을 믿는지 알 것 같았다.

샨은 카이의 목을 끌어안았다.

"카이야아아."

아무래도 저놈 앞에서 샤이린으로 변장했다가 옷이라도 벗어서 증명해야 하나 보다.

'근데 그것도 안 믿으면.'

자기를 눈깔 병신으로 보지 말아 달라 하지 않았던가!

'너 병신 맞아. 맞다고!'

왜 말해도 듣지 않니. 절망 속에서 허우적대던 샨은 이번에는 질문을 살짝 바꾸기로 했다.

"저기, 그러면 샤이린 양을 위해서 네가 희생했다고 하는 게 뭔데?"

일단 들어 보기라도 해야겠다. 그래야 보상을 하든 진실을 믿게 할 다른 방법을 찾든 하지 않겠나.

크롬이 답했다.

"인간이길 포기했다."

너무나도 상상을 초월한 대답에 샨은 입을 벌렸다.

"뭐? 인간이길 포기해?"

"응, 우리 가문의 비술이야. 인간과 용이 결합하여 반인반룡의 경지에 오르는 거지. 지금은 아직 안착 중인데 올해가 지나면 나는 이제 전설에 나오는 아크 드래곤급의 힘을 얻게 될 거야."

키메라에 대한 몇 가지 마법들과 그에 따른 부작용을 떠올린다.

"그거 위험하잖아. 광기에 미치지 않은 것만으로 대단하지만 그 후유증은……."

"그래, 나는 이제 평생 광기와 싸워야 해. 그리고 두 번 다시 인간으로도 돌아올 수 없어. 말 그대로 전투를 위해 존재하는 무언가가 되었다. 샤이린 양을 위해."

"……."

그래. 죽자. 젠장, 죽자. 내가 죽어야지.

샨은 용 위에서 뛰어내리려고 했다.

"꺄아악! 마마!"

크롬이 염동력을 사용해 샨을 도로 띄웠다.

"미쳤냐? 왜 떨어져!"

샨이 소리 질렀다.

"나는 샤이린이다! 나는 샤이린입니다! 내가 샤이린이다! 샤이린은 나다! 내가 치마 입었다! 내가 샤이린이라고오오오오오!"

"헛소리 그만해. 미친놈아!"

크롬이 마법을 걸자 샨의 목소리가 콱 막힌다. 가벼운 침묵 마법이다. 그런데 마법 저항도 하기 전에 너무나도 쉽게 주문을 끝낸다. 정말로 강해지긴 한 모양이다. 본인 말대로 고대의 용신인 아크 드래곤급의 힘까지 얻을지는 미지수지만, 적어도 그 절반까지 올라갈 것은 확실하다. 그리고 그것만으로도 이미 어마어마한 결과이다.

아아, 인생은 막장이다.

6.

긴 비행을 마치고 학교에 돌아왔다. 입구에는 샨이 온

것을 어떻게 아셨는지 에녹 교수님이 팔짱을 끼고 삐딱하게 몸을 기대고 계셨다.

"내가 외출증을 끊어 주긴 했지만 이렇게 오래 있으라 한 적은 없다만?"

엄연히 말하면 무단결석이다. 크롬이 샨의 머리를 눌렀다. 그러고는 가볍게 교수님께 인사하고 먼저 들어갔다. 샨이 대답했다.

"죄송합니다. 사정을 설명하기 전에 할 이야기가 있습니다, 교수님."

"……그런 것 같군."

교수님은 샨을 위아래로 훑어보았다. 이윽고 손을 내밀었다.

"손목."

샨은 순순히 교수님께 손목을 가져다 댔다. 교수님은 샨의 손목을 붙잡더니 눈을 감고 한참이나 생각에 잠겼다. 그러다가 반개한 눈으로 나직이 속삭였다.

"격한 전투 때문에 마나 패스가 상했구나. 무사히 돌아와서 다행이다."

목소리가 피로로 갈라졌다. 그럼에도 다정함만큼은 사무칠 정도로 짙었기에 샨은 시선을 피했다. 어쩐지 진짜로 집에 돌아온 것 같아 눈물이 치밀었다.

약해진 모습을 보이고 싶지 않아 억지로 감정을 다잡는다.

"티스랑 율케스는요?"

"들어가서 이야기하는 게 좋겠군."

교수님은 앞장섰다.

7.

신전에 도착하는 그 순간까지 에녹 교수님은 아무 말도 없었다. 어둠이 베일처럼 교수님의 어깨를 타고 샨의 머리카락을 덮었다.

아무도 없는 텅 빈 신전 안에 스테인드글라스가 푸른빛을 반사했다. 오늘 밤은 달이 밝았다. 내일은 맑을 모양이다.

미리 말한 것도 없이 샨은 차를 끓였고 에녹 교수님은 담배를 입에 물었다. 탁, 어둠 속에서 불붙는 소리가 처연하다.

"둘은 돌아오지 않고 있다."

그 말에 찻주전자가 흔들린다. 샨은 흔들린 건 주전자

가 아니라 그걸 들고 있는 자신의 손이었음을 깨닫는다. 괜찮을 거다. 괜찮을 거야. 누구보다 강한 이들 아닌가.

고작 류인 황자가 줬다는 '작은 불편함' 같은 것에 질 이들이 아니었다. 이런 말 하긴 그렇지만 티스는 마수에게 잡아 먹혀도 그 뱃속에서 밥을 해 먹을 녀석이고, 율케스는 그런 티스가 인정한 절대로 안 죽을 친우 아니던가.

지금은 믿어야 할 때였다. 샨은 찻잔을 움직였다.

"그렇군요."

"네 마나 패스에는 류인 황자의 마력 흔적은 전혀 없더군. 용케도 쓰지 않았구나."

"그 사람 것은 한 방울이라도 거부할 겁니다."

"네가 죽더라도?"

"제가 죽더라도."

연두색 찻물이 잔 위로 졸졸 차오른다. 미처 거르지 못한 찻잎 하나가 수면 위에서 빙그르르 춤을 췄다.

찻잎을 바라보며 교수님은 곤란한 듯 담배 쥔 손으로 이마를 눌렀다.

"넌 신입생 때부터 이상한 곳에 고집이 센 아이었지."

"이건 당연한 일이니까요."

"그렇다고 손목은 자르지 말거라."

"그런 짓은 하지 않아요. 그를 쓰러뜨리는 데 방해될 테니까요."

에녹은 가만가만 샨의 안색을 살핀다. 참으로 아름다운 제자였다. 샨의 속눈썹 위로 천사의 깃털이 달빛이 되어 부서졌다. 그런 외모로 미소라고는 조금도 짓지 않았다.

조금만 더 애교가 있었다면 뭔가 달라졌을까, 얼음 인형이 된 제자를 바라보며 에녹은 생각한다.

"손에서 피 냄새가 나더군."

엘프라서 그런지 후각 하나만은 귀신같다. 샨은 씁쓸하게 웃었다.

"그렇게 되었습니다."

"네가 마나패스가 연결되고 검을 들 때부터 정해진 수순이었다만 듣고 나니 씁쓸하구나."

"냄새가 많이 나나요?"

"피 안에는 지방질이 들어 있으니까. 한 번 살에 달라붙으면 냄새가 쉬이 없어지는 게 아니지."

교수님은 차를 한 모금 삼켰다.

"우선 무슨 일이 있었는지 듣자꾸나."

찻물이 파문을 그리며 달을 담았다. 샨은 흔들리는 달을 바라보며 천천히 고백했다.

"믿기 어려운 이야기일 수도 있습니다만……."

오래 걸릴 거라 생각했는데 막상 시작하고 나니 맥 빠질 정도로 금방 이야기가 끝났다. 교수님은 한참이나 차를 바라보았다. 이야기 내내 두 사람은 서로를 바라보지 않았다. 찻잔에 떠 있는 달을 바라보며 말했을 뿐이었다.

이윽고 에녹 교수님이 눈을 들었다.

"돌아가라. 오늘 이야기는 누구에게도 말하지 말거라."

"교수님."

"돌아가 일단 쉬어라. 다시 말하지만 아직 네 마나패스는 연약하다. 한참을 혹사했으니 휴식이 필요해."

"전……."

"네 말이 진실이라는 걸 알고 있다. 하지만 아카데미는 불가침의 영역이야. 제국법상 아카데미 측의 허락 없이는 병사도 조사원도 들일 수 없다. 거기다가 이곳은 아카데미이기도 하지만 고대 유적이자 성이지."

"교수님."

"당장은 에론 알테리온이 어찌할 수 없을 거다. 하지만 곧 달라지겠지."

"……."

샨은 입술을 깨물었다. 샨은 깊게 허리를 숙이고는 돌아섰다. 멀어져 가는 샨의 등을 바라보다가 교수님이 물었다.

"이번 방학은 어디 갈 생각이지? 집으로 돌아갈 건가."

"모르겠습니다. 이제는 저도 모르겠네요."

샨은 자조하듯 쓴웃음을 내뱉으며 걸어갔다. 성당 문이 닫힌다. 고요한 정적 사이에서 찻잔이 탁자 위로 내려앉았다.

이윽고 그가 입술을 열었다.

"이제 속이 시원한가?"

신전 건물의 그림자 안. 다크엘프 한 명이 걸어 나오고 있었다. 에녹 교수가 말했다.

"라온."

라온 교수가 대답했다.

"어느 정도는 예상했던 일이잖습니까."

"그래. 어느 정도는. 그래서 너는 어쩔 거지?"

라온의 문신 위로 그림자가 부풀어 올랐다.

8.

기숙사 방으로 돌아오니 교수님 말대로 아무도 없이 텅 비어 있었다. 밖으로 보이는 물살을 바라보며 샨은 작게 한숨을 내쉬어야 했다.

이 일을 아버지에게 말해야 할까? 믿으실까? 믿는 건 둘째 치고 누구의 편을 들으실까.

냉정하게 생각한다면 에론 형의 주장이 옳다. 지금 샨 자신은 그 어떤 대안도 갖고 있지 않았다. 어떻게 해결해야 하고, 뭘 어떻게 이어 나가야 할지조차도 엉망이다.

그저 얄팍한 이상 하나밖에 없다.

'알테리온가가 선을 수호했던가?'

아니다. 엄밀히 말하면 인류를 수호했다. 선악이 얼마나 변하기 쉬운지는 누구라도 알고 있으니까.

아무리 머리를 굴려 봐도 도통 답이 나오질 않는다.

'그건 그렇고 돌아와야 할 텐데.'

류인 황자가 친구들에게 줬다는 그 '작은 시련'도 신경 쓰인다.

아직까지 돌아오지 않는 걸 보니 말처럼 작은 건 아닐 거다. 샨은 작게 한숨을 내쉰다. 카이가 말했다.

"마마, 목욕하자."

"응? 카이는 목욕 싫어하잖아."

"응, 나는 싫어. 마마만 해. 마마는 목욕하고 나면 늘 개운해했잖아."

그 말에 뒤늦게 온몸에 근육통이 밀려온다. 역시 집은 집인가 보다. 아이러니하게도 고향의 알테리온 저택보다 기숙사 방이 더 집처럼 느껴졌다.

"카이도 목욕하자."

샤이 카이를 집어 들자 카이가 버둥거렸다.

"싫어. 싫어! 마마가 자꾸 그러면 카이 인간 될 거야! 막 사고 칠 거야!"

"안 돼. 어서 가자!"

샤은 억지로 카이를 끌고 목욕탕으로 향했다.

불퉁하게 삐져 있는 카이를 억지로 씻기고는 방에 돌려놓았다. 저항하는 드래곤을 목욕시키는 건 일곱 살 어린애 씻기는 것보다 더 힘들다.

씻기자마자 카이는 깊게 잠이 들었다. 카이 역시 피로가 많이 쌓였던 모양이다.

카이를 재운 뒤 샤은 그제야 씻고 탕에 들어갔다. 블루 타워 대욕탕은 일곱 개의 탑 중에서 가장 좋은 경관을 자랑한다. 천장에 있는 거대한 강화유리 너머로 이름 모를 물고기들이 지나간다.

오늘은 탕에 들어오는 학우도 없고 대욕탕을 혼자 독차지하는 기분이다. 샤은 눈을 감고는 깜빡깜빡 잠이 들었다.

누군가가 이마에 키스를 하는 감각이 들었다. 눈을 뜨니 엘이 서 있었다.

여기는 현실일까 꿈속일까. 이런 세계에서 그 경계가 중요하기는 할까. 샤은 생각한다. 꿈속의 어느 공간에서 샤은 그에게 말했다.

"전할 말이 있어요."

[그래. 이미 알고 있단다, 착한 아이야. 이 세계는 나의 꿈 속, 모든 것은 영원 같지만 찰나 안에 생긴 이야기지.]

지금은 정상적인 엘일까 아니면 미쳐 버린 엘일까. 샤은 생각한다.

"괜찮습니까? 형이 당신을 그렇게 만들어도?"

[어쩔 수 없지. 나의 '그녀'가 선택한 사람인걸.]

"그녀?"

[알테리온 소드에는 그녀의 의지가 이어져 온단다. 내가 세상에서 가장 무서워하는 사람이지.]

선조, 카이 알테리온을 말하는 모양이다.

"저희 선조님을 아세요?"

[누구보다 잘 알지. 그녀는 그 검을 잉태했고, 지금도 나를 감시하고 있지. 내가 부서지지 않도록, 내가 흩어지지 않도록. 내가 선택을 했듯 그녀의 의지가 남아 선택한 게지. 내가 망가지자 그녀는 책임지고 끝을 내려는 게야. 그게 그녀의 의무니까.]

샤은 멍하니 그를 바라보았다. 엘은 샤의 두 뺨을 잡았다.

[너는 그녀랑 눈이 닮았구나. 하지만 표정은 내가 싫어하는 남자와 닮았어.]

부서진 유리 조각을 아름답다 할 수 있다면 이 모습도 그렇다 대답하겠다. 엘이 말했다.

[나는 그녀를 기다릴 거란다. 하지만 그녀를 막기도 하겠지. 그게 이 세계의 의지이며, 나의 의지일 테니.]

엘은 슬프게 웃었다.

[그것은 환상을 부수는 검. 나라는 존재를 신에서 피조물로 바꾸는 검. 그 검은 신조차 죽일 수 있지만 그 본분은 검이 아닌 열쇠. 이 세계의 마지막을 막을, 그러나 그뿐인 열쇠.]

그는 흥얼거리듯 알 수 없는 말을 중얼거린다.

'아아, 신이시여.'

눈앞에 신이 있지만 샨은 결국 신을 찾게 된다. 지금 눈앞에 있는 이 신은 누구도 바라지 않을 그런 모습의 신이었기에.

엘의 모습이 흐려진다. 샨이 그의 잔상을 붙잡았다.

"알려주세요. 방법을, 당신을 구원할 방법을!"

그는 대답하지 않았다. 그저 바람이 되어 사라졌다.

물방울 하나가 샨의 미간을 툭 건드렸다.

"앗, 차거."

눈을 뜨니 티스가 내려다보고 있었다.

"너 더위 먹겠다. 얼마나 여기서 자고 있었던 거냐?"

탕에서 깜빡 잠이 든 모양이다. 샨이 몸을 일으킨다.

"그건 꿈…… 아니, 단순히 꿈이 아니었겠구나."

"무슨 귀신 씻나락 까먹는 소리야?"

티스는 가볍게 몸을 씻는다. 이번에도 상처투성이다. 급한 건 포션으로 처리했고 괜찮다 싶은 것은 이렇게 물로 씻어서 당장 소독이라도 해 둘 요량인 모양이다. 티스가 물었다.

"치료 돼?"

"응."

몸을 일으키려다가 현기증 때문에 다리에 힘이 풀렸다. 도로 주저앉는 샨을 티스는 일으켜 세운다.

"몸은 괜찮아?"

"탕에 너무 오래 앉아 있어서 그래. 율케스는?"

"아직 안 왔어. 그래도 곧 돌아오겠지."

샨은 작게 한숨을 내쉬었다.

"정말 힘든 하루였어."

그 말에 티스가 쓴웃음을 지었다.

"동감이다."

욕탕을 나오기 전 문득 샨은 뒤를 돌아보았다. 순 은색 긴 머리카락이 타일 위에 떨어져 있었다.

샨은 머리카락을 집어 들었다. 그 순간, 머리카락이 재가 되어 사라졌다.

9.

방에 들어오자마자 티스는 상의를 벗고 샨의 치료를 기다렸다. 본인도 긴장이 되었는지 목울대로 침을 꿀꺽 삼킨다.

"지난번처럼 많이 아프냐?"

샨은 구급상자에서 진통제를 꺼내 건넸다. 티스는 고개를 저었다.

"그건 안 먹어."

"설마하니 내가 무슨 신기의 기술을 갖고 아프지 않게 네 생살을 꿰매면서 치료할 수 있을 거라고 생각하는 건 아니겠지? 그러려면 에녹 교수님께 부탁해."

티스는 이마를 문질렀다. 샨은 티스의 등을 손으로 쓸었다. 상처를 강하게 눌렀는데도 티스는 신음 한 번 없이 견딘다. 샨은 격하게 돋아나는 힘줄을 바라보다 작게 한숨을 쉬었다.

"외과적인 부분은 최소한으로 하고 나머지는 찬트의 힘으로 때워 볼게."

"그거 가능해?"

"몰라. 그래도 그동안 좀 실력이 늘었으니까 그거 하나 믿어 봐야지. 상처를 보니 지난번처럼 내출혈이나 감염증은 걱정 안 해도 될 거 같아."

자신이야 없다. 늘 그랬다. 자기 상처라면 모를까 남의 상처를 치료하는 일인데 이런 일에 자신감 세울 만한 군

번이 아니다.

티스는 고민하다가 친구에게 몸을 맡겼다.

"알아서 해 봐."

"내가 하는 건 어디까지나 비전문적인 치료야. 나중에 일 터지면 바로 에녹 교수님께 뛰어가고?"

"지난번에도 잘 했으면서 뭐."

그래도 남의 몸인데 쉬이 대할 수는 없다. 샨은 거즈에 알코올을 묻혀서 한 번 씻은 상처에 추가로 소독을 했다. 외과적 처치는 최소한도로 맞춘 다음에 상처를 누르며 음을 골랐다.

치유의 노래가 방 안을 울렸다.

한 번도 들은 적 없는 노래지만 그리운 기분이었다. 티스가 속삭였다.

"우리 어머니가 자장가를 부르면 이런 느낌일까?"

"기억 안 나?"

티스는 대답하지 않았다.

"자세히 생각하고 싶은데, 좀 더 떠올려보고 싶은데 그랬다간 안 될 거 같아."

샨이 물었다.

"패스파인더의 힘이 돌아온다면 어떻게 될까?"

반드시 옳은 선택을 하는 힘. 그러나 그렇게 되면 옳은 것을 선택하는 기계가 되어 버린다. 인간으로서의 감정은 사라지게 되고 두 번 다시 원래대로 돌아올 수가 없다.

"모르겠다. 적어도 나라는 개체는 없어지겠지. 그게 류인 황자, 그러니까 '죽은 류인 황자' 놈의 바람이니까."

티스는 눈을 감고 생각에 잠겼다. 이윽고 그가 말했다.

"난 나인 상태로 죽고 싶어."

"세계가 멸망한다고 해도?"

"응. 멸망한다고 해도."

"……."

오늘 겪은 일을 말해야 할까. 에녹 교수님은 '아무'에게도 말하지 말아 달라고 했다. 그러나 티스는 '아무'나가 아니었다. 샨은 그렇게 한참이나 고민에 잠기다가 입을 열었다.

"율케스는 언제 돌아올까."

"내일까지는 오겠지."

그러나 내일도 그 이튿날도 그는 돌아오지 않았다.

Chapter 3

포도주 맛 홍차

1.

며칠 동안이나 율케스가 돌아오지 않으니 슬슬 걱정되기 시작했다. 샨은 필기하다가 말고 작은 소리로 절규했다.

"이제 곧 시험 기간이라고! 가뜩이나 출석 일수도 모자란데 이번에도 망하면 끝이야! 보충수업을 면하지 못할 거라고! 유급될지도 몰라!"

티스가 한심하다는 듯 되물었다.

"너는 이 와중에도 걱정되는 게 그거냐?"

"당연히 생사도 걱정되지! 하지만 유급도 걱정돼!"

"그러면 나는?"

샨은 뭐 당연한 걸 물어보냐는 듯 대답했다.

"너는 망했지."

"뭐?"

"이대로라면 다음 학년에 진학하는 사람은 나밖에 없을 거고, 결국에는 나 혼자 학교 다녀야 할걸?"

"자, 잠깐, 샨. 그 말에는 이미 나는 낙제가 확정됐다는 의미가 포함된 듯한데……."

"……?"

샨이 자기가 뭐 틀린 말 했냐는 듯 돌아본다. 티스는 뭔가 반박을 하려다가 칠판을 한 번 바라보았다. 그곳에는 이미 자신이 이해하지 못할 공식들이 빼곡하게 적혀 있었다.

모든 지식에는 기초라는 게 있다. 그 기초조차 갖춰지지 않으면 진도를 놓치게 되고, 한번 진도를 놓치면 계속해서 따라잡을 수 없게 된다. 그렇게 되면 이미 이 수업은 망하는 거다.

샨이 물었다.

"요약 노트 보여는 줄 건데, 보여 준다고 해서 이제는 알아들을 수 있겠어?"

"……."

티스는 한참 동안이나 칠판을 한 번, 샨의 노트를 한 번 번갈아 보길 반복했다. 이윽고 샨에게 물었다.

"커닝 안 되냐?"

"절대 안 될걸. 우리 교수님들이 그냥 교수님이 아니잖아. 잘못하면 너도 끝나고 나도 끝나."

죽으려면 혼자 죽어. 샨은 단호하게 티스에게 사형선고를 내렸다. 그리고 한 가지 더. 내년에 혼자 진학할 본인의 미래를 진지하게 고민했다. 텄다, 텄어. 티스는 텄어. 그렇다면 남은 건 율케스 하나뿐이다. 율케스마저도 유급했다가는 샨 혼자 남게 된다.

티스가 물었다.

"정치학은 어떻게 되는 거야?"

에론 교수님이 사표를 쓴 후, 정치학은 강의 자체를 잠시 휴강했다. 그러나 계속 그럴 수는 없었다. 항의가 잇달아 밀려올 게 뻔하기 때문이다. 학생이 아니라 학부모들에게서. 다른 사람도 아니고 형의 일이기에 샨은 혀를 찼다.

"새 교수님을 찾아야겠지."

"니 형 일이잖아. 너도 몰라?"

샨은 쓴웃음을 지었다.

"그거에 대해 할 이야기가 있어. 아무래도 너에게는 말해야 할 거 같아서.”

그 순간 룬 문자학 교수님이 소리 질렀다.

“거기 블루 타워의 두 사람! 일어나 봐.”

샨과 티스가 어색하게 몸을 일으켰다.

“티스는 이해하지만 샨 알테리온 너까지 그럴 줄은 몰랐구나. 그러기에 내가 친구를 가려 사귀라고 하지 않았니.”

반박하고 싶지만 상황이 너무 나쁘다. 샨은 귀까지 붉게 달아올랐다.

“둘 다 내 강의 들을 자격이 없다. 교실에서 나가. 그리고 둘 모두 각각 벌점 3점씩 부과한다.”

티스가 대답했다.

“교수님, 저 이미 0점인데 그 아래는 어떻게 되죠?”

그 말에 교수님이 고함을 질렀다. 둘은 죽어라고 교실 밖으로 달려 나가야 했다.

2.

‘의외로 직감이 잘 맞는단 말이지.’

티스는 샨을 보며 생각에 잠긴다. 샨이 불길한 예감이

들면 언제나 그게 잘 맞곤 했다. 그런 의미에서 샤은 율 케스에 대해서는 첫날에 걱정하는 게 전부, 둘째 날부터는 어쩐지 그다지 걱정하지 않았다.

'흠, 믿어도 좋을까?'

티스는 샤의 육감을 꽤나 신뢰하는 편이었다. 물론 지금은 낙관론 말고는 달리 방법이 없다. 나가서 찾고 싶어도 최소한 어느 방향으로 갔는지라도 알아야 할 거 아닌가.

"짜증 나네."

티스는 한숨을 내쉬었다. 샤은 그 옆에서 오늘 들었던 과목들을 정리한다. 며칠 수업 빼먹었다고 불안해하는 게 부럽다. 이미 티스 본인은 돌아가기에는 너무 멀리 와 버렸으니까.

"지금부터 공부하면 어떻게든 될까?"

샤은 티스를 빤히 바라본다. 흡사 말기 암 환자를 바라보는 눈으로.

"기적을 빌어 보자."

티스는 퇴학당하고 정학당하고 낙제당할지언정 유급은 하고 싶지 않았다. 공부를 좀 안 하고 놀러 다니면 반항아라는 수식어가 붙지만, 유급 딱지가 붙는 순간 저능아라는 수식어가 붙는다. 반항아와 저능아는 이미 백만 광

년만큼이나 서로 차이가 있다.

여학우 입장에서도 반항아와 사귀고 싶지 저능아는 피하고 싶을 테니까.

"아, 미치겠네."

샤은 신께 기도를 바라는 눈으로 말없이 티스를 바라보았다. 티스는 머리를 벅벅 긁었다.

그렇게 기숙사에 돌아오니 그곳에는 율케스가 앉아 있었다.

"여."

티스가 대답했다.

"가출한 탕아가 돌아왔군."

생각보다 상처 없이 멀끔하다. 다행이었다. 샤이 작게 한숨을 내쉬었다.

"어디 있다 이제 온 거야?"

"그냥, 이거저거 조금 바빴어. 그러다가 늦었다."

육하원칙 따윈 밥 말아먹은 대답이다.

"다친 덴 없고?"

"응. 아 참, 형이 왔더라."

"어느 형?"

그때 간이 샤워실 문이 열리더니 율리츠가 들어왔다.

"이 녀석 좀 도와줬다. 나 없었으면 죽었어."

샨이 뺨을 긁적였다.

"어째 저도 도와주시더니 율케스도 도와주시는 건가요?"

율리츠가 손을 뻗자 샨의 그림자 속에서 금속 새가 날아왔다. 그때 봤던 새였다. 율리츠가 말했다.

"최근에 내가 개발한 마법이지. 마법공학과 흑마법을 융합한 건데 이 금속 새는 상대가 위급할 때 나를 해당 좌표로 소환한다."

그때 샨이 에론 형에게 맞아 쓰러졌을 때 새가 부서지며 율리츠를 소환시켰다.

티스가 물었다.

"그거 나한테도 해 둔 건 아니겠지?"

"이거 하나 만드는 데 얼마나 돈이 들어가는 줄 아나? 내가 왜 네놈의 신변을 지켜야 하지?"

아, 그렇구나. 샨이 물었다.

"그러면 사생활 노출은요."

"사람 목숨이라는 게 언제 경각에 달릴지 모르는 일이지 않나."

사생활 따위는 없다는 거다. 티스가 소리를 버럭 질렀다.

"아니, 그게 말이 돼? 스토커야?"

샨이 대답했다.

"아, 난 괜찮아. 보호해 주려면 어쩔 수 없지. 에론 형도 그랬어."

율케스도 대답했다.

"나도 납득한다. 내가 죽으면 아버지 계획에 차질이 크거든."

티스는 잠시 자신이 비정상이고 이놈들이 정상인 건가 3초간 고민하다가 머리를 쥐어뜯었다.

"이 미친놈들아!"

주변에서 그나마 가장 정상이라고 평가 받는 샨도 사실 알고 보면 그리 정상은 아니지 않았나. 티스가 말했다.

"뭐, 그래 알았어. 결국 둘 다 목숨을 구한 거지?"

율케스가 대답했다.

"형 덕분에 큰 사고 없이 끝낼 수 있었다."

샨이 대답했다.

"아, 나는 내 목숨은 아니고 크롬의 목숨을 살렸어. 에론 형이 날 죽일 리 없잖아? 하하하!"

"샨, 니 인생의 최대 불행은 니 형이 에론 알테리온인 거야."

티스는 혀를 찼다. 아무래도 둘을 설득하는 건 무리다.

티스가 질문을 바꿨다.
"크롬의 목숨을 살렸다는 건 무슨 뜻이야?"
"음, 그게……."
어차피 해야 할 이야기지만 앞으로 꺼낼 말들을 친구들은 어떻게 받아들일까.
샨은 손을 쥐었다 펴길 반복한다.
"차 마실래? 긴 이야기일 것 같은데."
티스가 손을 들었다.
"아, 난 술로."
율리츠도 손을 들었다.
"나도 술."

3.

긴 이야기가 이어졌다. 율케스는 샨이 하는 말을 듣고만 있었고, 티스는 포도주와 마른안주를 들고 와서 율리츠와 함께 먹었다.
포도주에 럼주, 그리고 꿀을 섞어서 뭔지 모를 칵테일을 만들었는데 배합이 환상적인지 율리츠가 연신 감탄했다. 율케스가 물었다.

"그건 어디서 꺼내 온 거지?"

"바닥 타일 밑에 숨겨 놨어. 블루 타워는 물속에 있어서 한여름에도 시원하잖아."

샨이 듣다 말고 경악했다.

"자, 잠깐, 티스! 설마 타일 뜯어서 공간 만든 거야? 위법이잖아!"

"그런 걸로 치면 주류 반입도 위법이야."

그래. 금연초는 담배가 아니니 괜찮다고 주장했을 때부터 알아봤어야 했다. 샨은 이 미래의 유급자를 그냥 무시하기로 했다.

이야기를 끝냈지만 티스에게는 심각함이라고는 조금도 보이지 않았다. 그건 율리츠도 마찬가지였다.

'그래도 율케스는 심각……하지는 않았구나. 하품을 하고 있네.'

처음 에녹 교수님에게 이야기했을 때와는 분위기가 너무 달랐기에 샨은 내심 당황했다. 티스가 육포를 질겅였다.

"그래서 뭐, 네 형이 세계를 구한다는 거 아니야? 그 과정에서 일어날 다소의 윤리관 충돌과 감정적인 트러블을 무시하고. 그리고 너는 그 형에게 반대하고 있고."

샨이 대답했다.

"응. 그래서 너도 형 의견이 옳다고 할 참이야?"

"아니. 옳은 대답은 아니지. 그런데 누군가는 해야 할 더러운 일이야."

"그건……."

샨이 대답하려 하자 티스는 한마디 더 덧붙였다.

"그리고 누군가는 막아야 할 일이기도 하지."

샨은 잠시 말을 잃었다. 티스는 적포도주를 학생용 머그컵에 따랐다.

"글쎄다. 이런 부분은 선악이나 이 세상의 이치로는 따질 수 없어. 알고 있잖아? 네 말대로라면 언젠가 이 세계는 미쳐 버린 신의 손에 멸망하겠지. 아니면 지금 신보다 좀 더 맛이 간 류인 황제 짝퉁에게 넘어가든가."

율리츠가 티스에게 기숙사용 꽃병을 들이밀자 티스는 꽃병에도 술을 따랐다. 저 꽃병은 단 한 번도 꽃이 꽂힌 적이 없었다. 컵이 부족할 때마다 써먹는 유용한 도구였다.

티스는 '너무 많이 따랐네' 하고 투덜거리더니 율리츠의 꽃병을 뺏어서 자기 잔에 좀 더 붓는다. 술 한 방울이 아쉬운 모양이다.

"넌 둘 다 싫으니 방법을 찾아보겠다는 거지?"

샨이 고개를 끄덕였다.

"응."

"시도는 좋아. 옛날의 너라면 상상도 못 할 일이잖아. 성장한 거지. 칭찬한다. 근데 애기야, 방법이 없으면 어떻게 할 거냐?"

"방법이 없다면?"

티스의 눈동자가 포도주를 반사하며 더욱 붉게 빛났다.

"네 형이 제시한 것 외에는 이 세계를 구할 방법이 없다면 말이야. 그렇다면 너는 어쩔 거야? 신을 지키고자 이 세계를 없앨 거야? 아니면 형의 말에 동조할 거야? 설마 그렇다고 해서 귀 막고 이불 속에 들어가 있을 건 아니잖아."

말문이 막혔다. 어리석었다. 그런 샨을 티스는 냉정한 눈으로 응시한다.

'역시 아직은…….'

에론의 품에서 벗어났다고 해도 아직은 순진한 면이 있다. 세상사라는 게 늘 그렇지 않은가. 노력한다고 반드시 답을 얻을 수 있다면 이 세계가 얼마나 공평하겠나. 티스가 말했다.

"그때에는 나도 은행에 불을 지르겠어. 나 살기 위해

혈육도 죽이는 판국에 신 하나 못 재우겠다고 한다면 그건 내가 죽인 자들에 대한 위선이겠지."

하얀 머그컵에는 붉은 선이 남아 있다. 포도주를 마시고는 씻지 않은 자국이다. 학생회에서는 술이 아니냐고 묻고 티스는 태연하게 이건 술이 아니라 주스 자국이라고 우겼다. 그러다가 컵에 남아 있는 알코올 냄새 때문에 귀를 잡혀서 학생회로 끌려가곤 했다. 그러나 오늘도 티스는 그 잔에 또 술을 따른다. 늘 그렇듯이. 그게 티스니까.

"난 살고 싶어. 진짜 살고 싶다."

티스의 말에 샨 역시 대답했다.

"나도 당연히 살고 싶어. 하지만 정말로 내가 방법을 찾지 못한다면 그때는 모르겠어."

그때 율케스가 차를 한 모금 삼킨다.

"내가 에론과 티스를 막을 거다. 그게 내 일이니까."

샨이 말했다.

"어째서? 율케스는 살고 싶지 않아?"

율케스의 눈동자가 호수를 담았다.

"그런 세계라면 이젠 됐어. 이미 충분히 유지할 만큼 유지했어. 우리 앞에 펼쳐진 건 그저 덤인 거지. 그 덤을 더 받자고 가게 주인을 죽일 수는 없다."

티스가 붉은 눈으로 응시했다.

“네가 죽어도?”

“응, 죽어도.”

“나를 죽여야 할 텐데도?”

“그 질문만큼은 대답하기 어렵군. 하지만 그래, 너와는 싸워야겠지. 그게 내 검이 가리키는 길이니까.”

샨은 율케스의 뒤에서 누군가의 그림자를 보았다.

정념으로 뭉친 에론 형에게서 어째서 이런 제자가 나온 걸까. 샨은 생각했다.

지평선 너머까지 펼쳐진 설원을 깨끗하다 할 수 있다면 그런 종류의 깨끗함이었다. 차갑고 엄격하고, 그곳에서 살고 있는 자들에게는 가혹하지만, 그렇기에 존재할 수 있는 올곧음.

샨이 어쩐지 부끄러워져서 고개를 숙였다.

성장했다고 자만했다. 그러나 둘에 비하면 아직도 한참이나 아득했다. 스스로에게 화가 치밀 정도로.

티스는 샨의 찻잔에 술을 따랐다.

“그래서 너는 에론 형을 위해 선을 넘었어?”

애써서 샨이 감추었던, 아니 어떤 의미로는 외면했던 이야기를 꺼낸다. 어떻게 안 걸까. 샨은 맑은 홍차에 포도주가 섞이는 걸 바라본다.

"네 실력으로는 전부 살려 가면서 지나가는 건 불가능할 거 아니야. 그건 나도 힘들다고?"

티스는 술병을 거둔다. 새빨간 얼 그레이가 어쩐지 뇌쇄적이다.

"응, 넘었어. 검을 들면서 이런 날이 올 수도 있다고는 생각은 해 왔는데, 막상 닥치니까 아무 생각도 안 들더라."

샨의 손끝이 떨린다. 티스가 턱을 괴고는 대답했다.

"에론 놈이 좋아했겠네. 그 자식 변태니까."

사표 수리했다고 바로 교수에서 놈으로 호칭을 격하시킨다. 샨이 작게 한숨을 쉬었다.

샨에게 있어 에론 형은 아픈 손가락이다. 율리츠가 대답했다.

"좋다고 그대로 납치해서 변태적인 방에 가두더라."

그 방이 그렇게 변태적이었나? 샨은 잠시 생각에 잠긴다. 그러고 보니 샨이 있던 알테리온가의 침실과 그 방이 똑같긴 했다. 침대 위치고 디자인이고, 심지어 책장에 있는 책의 배치까지 똑같았다. 병적인 편집증에 시달리는 에론 형이라면 당연했다.

모든 물건은 정확히 그 자리에 놓여 있어야 했다. 뒤틀리거나 순서가 바뀌는 걸 싫어했다. 그런데 율리츠가 샨의 방을 어떻게 안 걸까? 율리츠가 대답했다.

"네가 나와 거래를 했을 때부터 그 부분은 모두 조사해 놨다. 제정신으로 꾸밀 방은 아니더군."

저택 메이드라도 매수한 걸까? 아니, 이 사람의 능력이라면 거기까지 갈 필요도 없으리라. 지금은 리오 형도 여행 중이고 에론 형도, 아르고 형도 저택에 없다. 아버지도 가끔은 몸 풀러 산에 올라가거나 마을로 내려갈 테니 자리 빌 때 정찰하면 그만이다.

어차피 훔칠 것도 없는 집 아니던가.

"변태적이진 않았습니다. 형은 제 편의를 봐 주었을 뿐이에요."

고작 두 마디 오간 것만으로도 티스는 상황을 눈치챘다.

"샨, 네 형 미친 거 맞아."

"미친 건 맞지만 변태는 아니야!"

"그 말이 그 말이야. 미친 변태 새끼지."

예부터 내가 내 가족을 욕하는 건 괜찮아도 딴 놈이 우리 가족을 욕하는 건 용서치 않는다 하지 않던가. 샨은 살짝 뺨을 부풀렸다.

"아무튼, 됐어. 형이 무사했으니까. 그리고 나도 아카데미에 돌아올 수 있었으니까."

티스가 물었다.

"아, 맞다. 크롬은? 그거 이야기했냐?"

"그거?"

티스가 치마를 걷어 올리는 시늉을 한다.

"그거, 그거 있잖냐. 그거."

"했어."

"뭐래?"

"자기를 눈 병신 취급하냐더라."

그 말에 티스, 율케스, 율리츠가 동시에 말했다.

"그 자식 병신 맞잖아."

"크롬은 병신이다."

"마이어하트 가문은 병신 때문에 망하겠군."

마지막으로 율리츠까지 가세하니 눈물이 나올 지경이다.

티스가 말했다.

"나 왠지 자신감이 생겼어. 그 새끼라면 내가 여장하고 사기 쳐도 당해 줄 거 같아."

샨은 작게 한숨을 쉬었다. 티스는 그런 샨의 어깨에 팔을 올리고는 웃음을 터뜨렸다.

'아, 손이 안 떨려.'

어째서일까. 왜 이런 친구의 농담에도 가슴이 편안해지는 걸까. 샨이 말했다.

"고마워. 너희들이 있어서 다행이야."

"갑자기 닭살이냐?"

율케스가 진지하게 답변했다.

"나도 샨, 네가 있어서 다행이라고 생각한다."

분명 같은 말인데, 그냥 대답만 했을 뿐인데 그 자리에 있는 모두가 귓불까지 시뻘게진다. 티스가 버럭 소리 질렀다.

"내가 그래서 로맨스 소설 그만 읽으라고 했지!"

그러거나 말거나 율케스는 찻잔을 들고 건배 자세를 취한다. 티스는 쯧, 혀를 차더니 술이 든 머그컵을 흔들었다. 그 신호에 샨은 술이 섞인 얼 그레이를 들었다. 율리츠가 말했다.

"나는 빠진다."

티스가 말했다.

"분위기 파악할 줄은 아는군."

샨은 웃음을 터뜨리며 짠, 하고 술잔을 부딪친다. 얼 그레이 섞인 포도주는 맛이 끔찍했지만 그럼에도 샨은 마지막 한 방울까지 삼켰다.

물속, 커다란 물고기가 창 너머로 스쳐 지나갔다.

오늘은 달이 밝다.

4.

율리츠는 돌아갔다. 샨은 그날 이후로 자신을 학대하다시피 보냈다.

새벽부터 수련에 매진하고, 밤에는 도서관을 뒤졌다. 사실 기대는 하지 않았다. 세계를 구원할 방법 같은 걸 누군가가 친절하게 책으로 설명해 줄 정도로 세상은 호락호락하지 않다. 그래도 기반 지식을 쌓는다는 점에서는 좋았다.

일주일에 정해진 시간에는 에녹 교수님께 찬트를 배웠다. 뒤틀린 기혈을 회복시키고 엘프 검술을 연마했다.

하루에 네 시간을 넘게 잔 적이 없었다.

보다 못한 티스가 경고했다.

"너 그러다 죽어."

샨이 대답했다.

“안 죽어. 모자란 수면은 찬트로 회복시키면 돼.”

“억지로 약 도핑해서 달리는 거랑 뭐가 달라?”

그렇다고 해도 여기서 타협할 수는 없었다. 적은 에론 형이고, 어설프게 대응했다가는 아마 모든 걸 잃을 게 분명했다. 형이 샨을 죽이거나 하지는 않겠지만, 그건 말 그대로 죽이지만 않는 거다. 정신적, 물리적인 의미에서 샨은 모든 것을 잃게 된다.

어린 소년에게 세계라는 존재는 말도 안 되는 무게를 갖고 있다.

“너 그러다 죽는다. 샨 알테리온.”

에녹 교수님마저 경고했다. 그러나 샨은 계속해서 스스로를 혹사시켜 나갔다. 마침내 샨은 라온 교수님에게까지 경고를 듣고야 만다.

“과로사라는 단어를 아시나요? 요즘 귀족 자제들은 이 단어를 모르더군요.”

그리고 정확히 그날 정오.

쏟아지는 햇빛 아래 샨은 과로로 쓰러졌다. 쓰러지는 와중에도 두 손에 쥔 목검만큼은 놓지 않았다. 티스가 혀를 찼다.

“내가 너 때문에 늙지, 늙어.”

율케스가 그런 샨을 어깨에 지고는 그대로 양호실로 직행하자 에녹 교수님은 과로로 인한 몸살이니 이놈을 기숙사 침대에 묶어 사흘 밤낮 그늘에 잘 말려 놓으라 명령한다.

샨의 두 학우는 교수님의 조언을 아주, 잘 따르기로 맹세했다.

눈을 뜨니 사슬 소리가 들렸다.

절그럭.

몸을 뒤척이려고 하지만 뒤척일 수가 없었다. 눈을 뜨니 양손, 양 팔다리가 사슬로 묶여 있었다. 여자 간호사복을 입은 티스가 들어왔다.

"어이고, 일어나셨어요. 병신아?"

샨이 대답했다.

"이게 무슨……."

티스가 핑그르르 도니 레이스 자락이 겹겹이 물결친다. 전문적인 간호사의 옷이 아니라 코스튬플레이용 옷이다. 샨이 이마를 찌푸렸다.

"너 이러고 다니는 거 너희 아버지…… 아, 말을 말자."

"반사, 무지개 반사."

아버지라고 해 봐야 지금 황도에서 골골대는 황제 폐하

가 아닌가. 샨은 작게 한숨을 쉬었다. 아무리 그래도 사람을 쇠사슬로 묶는 건 너무하지 않나.

"이거 좀 풀어 봐."

"풀면 뭐할 건데?"

"수련해야지."

"과로로 쓰러져 놓고 한다는 소리가. 쯧, 그렇게 벼락치기로 한들 검 실력이 늘겠냐? 현실은 동화가 아니라고? 아무리 천재라고 해도 몇 날 며칠 칼 좀 빡세게 배웠다고 뭔가 대단한 성취를 이루진 못해."

그는 젖병을 꺼내서는 샨의 입에 물리려 했다. 샨은 비명을 지르며 고개를 돌린다.

"우헤헤헤, 순순히 드세요. 샨 환자님."

"너 지금 즐기고 있는 거지! 그치?"

"그걸 이제 알았냐."

샨이 비명을 지르며 몸을 바동거린다. 물면 끝이다. 저 젖병이 입에 닿는 순간, 남자로서의 무언가가 박살 날 게 분명하다.

"난 기초도 있고 재능도 있다고! 이거 놔! 티스!"

"메헤헤, 그래서 율케스보다 기초가 있냐? 나보다 재능 있어?"

“이상한 소리로 웃지 좀 마!”

어느새 샨은 더 이상 고개를 젖힐 수 없는 곳까지 몰렸다. 끝이다. 젖병의 꼭지가 입술 위로 슬금슬금 다가오는 게 느껴진다.

“힉, 히이이익! 그만둬!”

“너 이렇게 당황하는 거 진짜 오랜만에 본다.”

틀렸다. 친우의 사지를 묶어서 젖병을 물리는 친구라니. 황제 폐하의 핏줄 중에 대체 뭐가 막 나가서 이런 놈이 태어났단 말인가. 티스가 샨의 광대뼈를 턱 잡았다.

“이제 끝이다. 샨.”

샨은 눈을 질끈 감았다. 눈꺼풀 사이로 눈물이 새어 나올 것 같았다. 안녕, 남자로서의 자존심. 안녕, 검객으로서의 나날들. 샨은 모든 것과 이별할 준비를 했다.

그러나 한참을 기다려도 젖병은 입 안으로 파고들지 않았다. 눈을 뜨니 티스가 배를 잡고는 숨죽여 웃고 있었다.

“장난이야, 장난. 설마 진짜로 먹이겠냐?”

“야!”

티스는 젖병의 꼭지를 돌려 따고는 내용물을 컵에 담았다.

“그래도 내용물은 진짜야. 교수님이 먹이라고 했거든. 아까 같은 일 당하기 싫으면 얌전히 먹을 거지?”

"윽."

샨은 나직하게 신음을 내뱉었다. 전부터 느꼈던 거지만 티스는 사람을 다룰 줄 알았다. 황소고집이라고 늘 핀잔만 듣는 자신을 가지고 이렇게까지 궁지에 몰 수 있는 사람이 몇이나 있을까.

티스는 컵을 건넸다.

"자, 아직 따뜻해. 이거 먹고 도로 자라."

"지금 한시라도 급한 상황……."

티스는 샨의 말을 막았다. 그러고는 이마에 굿나잇 키스를 했다. 어릴 때 부모님에게나 받던 걸 친구에게 받으니 기가 막힌다.

"이건 잘 자라는 주문."

"너 정말 너무한다."

"너야말로 너무해. 약을 만든 건 교수님이지만 재료를 구한 건 율케스야. 주변 사람들이 걱정하는 건 생각도 안 해? 율케스가 재료 구하러 갔다가 다치면 어쩌려고 그랬어? 그거 다 네 책임이잖아."

그 말에 샨의 입술 한쪽이 작게 떨렸다.

'역시 이런 부분은 약하단 말이지.'

평생 아프기만 했다고 했던가. 누군가의 짐 덩이로 살

아온 몸이었다. 이 소년은 민폐라는 말에 공포감을 갖고 있다. 단순히 타인을 배려하는 마음과 타인의 발목을 잡지 않으려는 마음은 절박함에서 차원이 다르다.

스스로는 걸을 수 없고, 스스로 먹을 수도 없고, 가족이 구해 준 약이 아니면 당장 일 년도 살아갈 수 없었다. 그 감정이 유년시절의 대부분을 집어삼키게 된다. 일 년, 이 년, 삼 년이 쌓이면 켜켜이 지층이 되어 쌓인다. 호두파이 밑바닥 같은 거다. 겉으로는 보이지 않지만 단단하게 굳어 자아를 지탱하는 토대가 된다.

'다른 말로는 역린이라고도 부르지.'

샤이 유독 에론 형에게만큼은 약하게 구는 게 이유가 있다. 가족 중에서도 가장 큰 민폐를 끼쳐 왔기 때문이다.

에론은 샤을 위해서 제국에 스스로를 팔았다.

자유롭게 용사 수행이나 하고 있는 리오나, 상단을 운영해 야망을 불태우고 있는 아르고와는 차원이 다르다.

샤이 말했다.

"알았어. 쉴게."

"미안, 애기야."

"응?"

네 무의식을 이용해서 미안. 티스는 마음속으로 사과를

건넨다. 물론 이걸 입 밖으로 말한들 진짜로 믿는 이가 몇이나 있을까. 타인의 심층을 관찰하고, 그 떨림을 이용해 원하는 분위기를 주도했다고.

이론이야 가능하지만 실질적으로는 불가능에 가깝다. 누구도 누구를 백 퍼센트 이해할 수 없기 때문이다.

봉인된 패스파인더 능력의 잔재인 건지 아니면 그냥 타고난 건지는 모르겠다. 샨은 컵에 있는 것을 한꺼번에 삼켰다. 떫은 향이 훅 끼쳐 왔지만 사탕도 없이 전부 마신다.

“사슬은 풀 거지?”

티스가 대답했다.

“싫거든?”

샨이 살짝 이마를 찌푸렸다.

“산책 가고 싶단 말이야. 오늘은 쉴게. 약속. 하지만 침대에만 있으면 허리가 아파.”

본인 입으로 약속이라는 말이 나왔으니 이 정도면 믿어도 좋으리라. 티스는 머리에서 여성용 머리핀을 뜯어서 수갑 구멍을 쑤신다.

“열쇠 없어?”

“귀찮아. 핀 하나로도 충분한데 왜 열쇠를 가지고 다녀.”

그랬다. 그의 친구는 학생회에서 붙잡아 반성실에 가둬

놔도 지 혼자 자물쇠를 풀어서 나갔다가 돌아올 즈음 되면 알아서 들어가 도로 잠그는 인물이다.

"묻는 내가 잘못했다."

자물쇠가 탁 풀린다. 샨은 손목을 쓸었다. 수갑 안쪽은 천을 덧대 놔서 다친 곳은 없었다. 티스는 종이에 이것저것 적고는 샨의 등을 툭 때렸다.

"휴일이잖아. 오랜만에 쇼핑이라도 다녀오자. 생필품도 거의 다 떨어졌잖아."

"휴일? 잠시만, 월화수목……."

"너 이틀 잤어."

잠깐 쓰러졌다고 생각했는데 그 정도였다니 샨은 얼굴이 새파랗게 질렸다.

티스가 말했다.

"거 봐. 무리해 봤자 손해라니까? 앞으로 이런 일 몇 번만 더 있어 봐라. 에론이 오기도 전에 이미 과로로 죽어 있을 거다."

"윽. 그건!"

티스가 얼굴을 불쑥 들이밀었다.

"내 말 틀렸어?"

"틀린 말은 아니지만……."

말문이 막힌다. 티스가 말했다.

"초조한 마음도 이해는 간다만 냉정해지라고, 이 친구야."

5.

시릴 정도로 맑은 날이었다. 샨은 얇은 옷을 챙겨 입고 밖으로 나왔다. 오늘은 너무 덥다. 요즘 이상기후니 뭐니 해도 기본적인 건 제대로 돌아가고 있다. 여름엔 덥고 겨울에는 춥다.

티스는 간호사복을 벗고 평상복으로 갈아입었지만 머리에 쓴 분홍색 간호사 캡은 여전히 그대로였다. 여학우들이 지나가면서 깔깔 웃었다. 티스는 손을 흔들며 재치 있게 답했다.

주변을 즐겁게 할 줄 아는 친구였다. 샨은 그런 티스가 부러웠다.

학교 정문에 율케스가 먼저 기다리고 있었다. 이 더위 속에서 햇볕을 정면으로 받고 있다. 그런데도 율케스의 피부에는 벌겋게 올라온 자국 하나 없었다. 땀조차도 흘리지 않았다.

고래 뼈를 깎아 만든 인형 같다.

“왔군.”

율케스가 손을 들었다. 샨이 그런 율케스의 손을 맞잡았다.

“미안. 나 때문에 고생했다며. 약 구해 준 거 고마워.”

율케스가 고개를 저었다.

“무슨 말인지 모르겠군. 약은 학교에서 지어 줬을 텐데?”

“뭐? 티스 말로는 네가 약 재료를 구해 왔다는데?”

“금시초문이다. 교수님이 지어 준 약을 가져다준 것뿐이니까.”

그 말에 샨이 티스를 쏘아보았다. 티스가 식은땀을 흘린다.

“말이 그렇다는 거지, 말이.”

율케스가 턱을 문질렀다.

“약에 내 피가 들어가긴 했다. 교수님이 필요하다고는 하더군.”

완전히 관계가 없는 건 아니구나. 샨은 혀를 찼다. 하지만 속았다는 사실에는 변함이 없다. 티스가 답했다.

“이렇게라도 말하지 않았으면 너는 안 쉬었을걸?”

그 말도 맞다. 샨은 작게 한숨을 내쉬었다.

"곧 학기말 시험이고, 또 방학이야. 학생이 있는 동안에는 에론 형도 어떻게 못 하겠지만 방학 때는 어찌 움직일지 알겠어."

틀린 말은 아니었기에 티스는 반박하지 않았다. 그러나 이 이상은 무리다. 사람이 하루 동안 사용할 수 있는 에너지는 한정되어 있으니까.

"니 마음은 알겠는데 오늘은 쉬어. 또 쓰러질 거야?"

"알고 있어."

그래도 사람을 속이다니. 샨은 툴툴거리며 학교 밖으로 나왔다. 주말, 학교 앞 거리는 학생들로 가득 찼다. 티스는 사야 할 물건 목록을 샨과 율케스에게 나눠 준다.

"오늘 저녁에는 내가 맛있는 걸 준비할 테니까 너희 둘은 문구류랑 교재로 쓸 약초를 사 놔."

"너는?"

"나는 식재료 사러 가 보려고. 잡화점과는 정반대 방향이니까 나 혼자 다녀올란다."

그렇게 일행이 찢어졌다.

6.

라이나 알레스타는 그린 타워 소속의 여학생이다. 신록의 번영과 조화를 상징하는 곳인 만큼 주요 마법은 자연을 다루는 녹마법, 엘프들이 사용하는 정령계 마법이 많다. 그린 타워 출신의 학생들은 보통 취업이 무척이나 힘든데, 영지가 있는 귀족가의 후계자들이야 농업 쪽에 기여할 수 있으니 다양하게 쓸모가 있지만 영지가 없는 상인의 자제들이나 영지를 물려받을 수 없는 차남이나 후처의 소생인 자식들은 이야기가 다르다.

대형 영지야 그래도 자식과 그의 가족들이 평생 먹고살 수 있게 한 재산 떼어 주기도 하지만, 지방의 소규모 영지는 그나마도 없다.

황제 폐하께서는 말씀하셨다. '약한 것은 죄다.' 라고.

귀족은 강해야 했다. 강하고 부유해야 했다. 약하고 가난한 귀족은 귀족이 아니었다. 돈 많은 상인들보다 훨씬 못한 존재였다.

그런 의미에서 라이나는 지방 변두리 영지 귀족, 후처의 자식, 마지막으로 결혼 계획 없는 여성. 이 세 가지가 결합된 총체적 난국이라고 할 수 있었다.

'이번 시험 어떻게 될까.'

서점 안은 오늘도 학생들로 가득 찼다. 이름은 몰라도 다 아는 얼굴이다.

이 중에 유독 여성이 많은 건 전부 같은 이유 때문이리라.

'직업을 얻지 못하면 결혼해야 해.'

크롬이 있는 마이어하트 가문이나, 지젤이 있는 바스커빌 가문 같은 곳이야 여성이 독신으로 살면서 평생 하고 싶은 거 하며 살겠다고 해도 된다. 그러나 세상에는 그럴 수 있는 귀족보다 그렇지 못한 귀족들이 더 많다.

영지전은 점점 더 가혹해져 가고 중소 영지의 귀족들은 점점 더 가난해져만 간다.

애초에 귀족가의 여성이 할 수 있는 직업이야 정해져 있다.

'그린 타워의 연구직 자리를 딸 수 있으면 좋겠는데.'

그러려면 상위 2% 안에는 들어야 한다. 그때 익숙한 목소리가 들렸다.

"입문서로 사는 게 좋을 거 같아. 율케스는 어디까지 진도를 따라갈 수 있어?"

안경 너머로 눈을 슬쩍 올려다보니 놀랍도록 아름다운 흑발의 미소년이 조잘거리고 있었다.

'샨 알테리온.'

알테리온가의 막내. 과거에는 그 기이한 불운 때문에 유명했다면 지금은 그 미모 때문에 더 유명하다.

살아 있는 여신상, 살아 있는 미의 여신이라고 불린다.

굳이 남신이 아니라 여신이라고 부르는 이유는 석상으로 만들어진 남신들은 죄다 근육질에 한수염 하는 인상파들이기 때문이다. 거기다 알음알음 여장 사건 얘기가 퍼진 이후로 더욱 그렇게 굳어졌다.

'왜 여기에?'

그때 샨의 뒤로 율케스가 걸어 들어온다. 책방 문이 낮아서 머리를 부딪친다. 바보 같은 장면이지만 웃음이 나오지 않는다.

심장이 입 밖으로 튀어나올 것만 같았다. 샨은 살짝 이마를 찌푸렸다.

"율케스, 조심해."

"응."

그는 짧게 말하고는 허리를 굽혀 안으로 들어왔다. 확실히 또래치고는 키가 크다. 아니, 성인들과 견주어도 키가 큰 편이다.

샨은 책장을 뒤지더니 이윽고 그녀가 있는 곳으로 걸어

온다.

라이나는 도망치고 싶은 마음과 그대로 서 있고 싶은 마음이 동시에 밀려온다.

율케스, 율케스 란츠크네.

그녀의 첫사랑이다. 그리고 아직도 현재진행형인 짝사랑이다.

원래부터 모두는 스타를 알지만 정작 스타가 아는 사람은 없는 법. 율케스는 그녀를 모른다. 라이나가 쭈뼛거리는 사이 샨은 책장을 뒤졌다.

"쉽게 설명해 놓은 책이 있을 거야. 지난번에 책장에서 보기만 하고 구입하진 않았거든. 이럴 줄 알았으면 그때 사 둘걸 그랬네."

율케스는 주머니에 손을 꽂고 묵묵히 샨 곁을 지켰다. 두 사람에게서 희미하게 소독약 냄새가 났다. 기분 나쁜 냄새는 아니었다.

책을 찾던 샨은 문득 그녀를 돌아본다.

"아, 안녕하세요. 그 책, 사실 건가요?"

라이나 품속에 있는 책을 묻는 거다. 그렇게 중요한 책은 아니었다. 그냥 요점 정리가 잘 되어 있어서 기초를 점검할 셈으로 사는 거다. 그런데도 라이나는 저도 모르게 거짓말을 뱉었다.

"사, 살 책이에요."

샨은 곤란한지 살짝 미간을 찌푸렸다. 이윽고 정중하게 다시 부탁했다.

"중요한 거 아니면 혹시 제게 넘겨주실 수 있나요? 부끄러운 얘기입니다만 제 친구들이 수업 진도를 못 쫓아가고 있거든요."

율케스도 한 마디 덧붙였다.

"부탁한다."

다리가 꺾일 것 같다. 줘야 한다. 당연히 줘야 한다. 어서 주고 오늘 이 날의 기억을 대대로 가보로 간직해야지.

"시, 싫은데요?"

그러나 밉살맞은 입은 주인의 의지와 정반대로만 대답한다. 라이나는 제 입을 때리고 싶은 충동을 꾹 누른다. 샨은 뺨을 긁적였다.

"알겠습니다. 무리한 부탁 해서 죄송합니다."

"그! 그! 그으!"

"네?"

율케스와 샨이 고개를 갸우뚱한다. 그녀는 죽을힘을 다해 목소리를 짜낸다.

"파는 데 아, 알아요……."

"고맙습니다!"

샤이 밝게 웃음을 터뜨린다. 와, 세상에 어떻게 남자가 이렇게 아름다울 수 있단 말인가. 이런 미모 앞에서는 남자든 여자든 오징어가 되어 버릴 거다. 그녀는 자꾸만 작아지는 자신을 억지로 다잡았다.

"아, 아, 아, 안내해 줄게요."

샤과 율케스는 잠시 서로를 바라보더니 결정했는지 고개를 끄덕였다. 샤이 그녀의 손을 붙잡았다.

"그러면 꼭 좀 부탁드리겠습니다!"

할렐루야.

머릿속에 폭죽이 터졌다.

7.

율케스 란츠크네.

란츠크네 가문의 삼남이다. 흑마법으로 유명한 란츠크네 가문에서 유일하게 검을 사용한다. 거기다가 알테리온 가문에 맞먹는 천재 검사라는 소문까지 따라붙으니 이 학교에서 그를 모르는 이가 없었다. 또래들 중에서도 유달리 큰 키와 창백한 피부, 날카로운 이목구비까지 합쳐지니 그야말로 왕자님이라고 부르기에 부족함이 없었다.

말수가 적은 특유의 과묵한 성격조차도 매력 있다. 그런 당사자가 옆에서 걸으니 한없이 작아진다.

'나는 뭘까.'

동급생끼리 서로 말도 놓기로 하고 함께 걷고 있지만 걸음이 무겁다. 여자애들이 이쪽을 돌아보며 자신을 비웃는 것 같다. 그도 그럴 게 왕자님에 비해 이쪽은 주근깨가 얼굴 절반인 데다 두꺼운 안경까지 썼다.

윤기 없는 머리카락은 갈색인지 주황색인지 모호하다.

그나마도 늘 뻗쳐서 아침마다 양 갈래로 꽉꽉 땋지 않으면 빗자루가 된다.

'나는…… 뭘까.'

이젠 어린애가 아니다. 동화 속의 공주님도 될 수 없고, 그렇다고 계모와 언니들에게 핍박받는 가련하고 아름다운 소녀가 될 수 없다는 것도 알고 있었다.

정략결혼에 내세우려 해도 얼굴이 못나니 좋은 상대를 찾기 어렵고, 사교계에서 이름을 날리기에는 언변이나 카리스마도 부족하다.

결국 이 나이대의 약소 귀족가의 딸이 할 수 있는 거라고는 돈은 많지만 성격적인 결함이 있는 어딘가의 자산가에게 팔려 가든가 주위의 눈을 의식해서 신전 같은 곳에 들어가 평생 독신으로 살든가 둘 중 하나이다.

'그게 아니면 공부를 누구보다 잘해서 상아탑의 마법 연구원으로 취직하든가.'

그녀는 책을 꽉 틀어쥐었다.

'나는 옆에 있는 샨보다 뒤떨어져. 분명 이쪽이 훨씬 오래 공부하고 있는데도.'

삼총사의 출석 일수가 아슬아슬하다는 건 유명하다. 그러나 성적 상위권 명단에는 늘 샨 알테리온의 이름이 올라가 있었다.

'조금만 공부해도 상위권이라는 거야?'

싫다, 그런 인간. 태어날 때부터 뭐든지 다 갖고 있을 것만 같다. 어쩌면 알테리온가의 불운의 별이라든가, 어릴 때 아팠다는 이야기도 사실이 아니라 흔한 엄살일 수도 있다. 워낙 대단한 주변인들을 두면 늘 그렇게 되지 않던가. 주목받는 거에 비해 조금만 잘못해도 과장되기 십상이니까.

'본인 평판을 알고 있을까?'

블루 타워에서야 샨 알테리온의 인기가 하늘을 찌르지만 다른 기숙사에서는 샨을 고깝게 보는 여식들도 있다.

여자보다 아름다운 남자라니. 거기다가 학교에서 난다 긴다 하는 놈들은 전부 샨과 어떻게든 연루되어 있었다. 심지어 여장 사태 이후로는 '호스트' 나, '남창' 이라는 더러운 호칭을 붙이는 패들도 더러 있었다.

크롬의 인기만큼 샨에 대한 질투도 고스란히 적립되어 간다. 차라리 계집애면 이해하겠지만 사내놈이다. 대부분은 재미있는 미담인 것처럼 웃음을 터뜨리며 넘어가고 말지만 애초부터 크롬을 노리던 여식들은 사정이 다르다.

'거기다가 뮤지컬까지 겹쳤지.'

샨의 팬이 증가한 만큼 안티도 늘었다. 기이하게도 같은 남자 중에는 없고 여성이 많았다. 얼핏 보기에는 이상한 일이었지만 마음 한편으로는 이해가 갔다.

사내놈이 그런 외모를 해서 무슨 쓸 데가 있단 말인가.

동경과 시기가 함께 치밀어 올랐다.

샨에 대한 온갖 지저분한 소문이 돌았다. 그러나 샨 본인은 모르는 모양이다. 하긴, 스타가 그런 걸 신경 쓸 필요가 있나.

'어떡하지. 내가 너무 비참해 보여.'

라이나는 치마를 꽉 움켜쥐었다.

이런 마음 품어서는 안 된다는 건 알고 있었다. 하지만 가슴 한편에 생긴 그을음이 점점 번져 간다.

"샨은 평소 공부를 어떻게 해?"

"예습 복습하고, 요점 정리 해 놓고, 관련 도서 있으면 찾아보고. 다른 사람들이랑 똑같이 해."

"모르는 거 있으면 타네로스 군에게 물어보겠네? 학년 1위가 그 사람이니까."

"아, 넬 말하는 거야? 넬은 기숙사가 달라서 매번 물어보긴 어려워. 차라리 교수님에게 물어보는 게 더 빠를 거야."

"크롬 마이어하트 군은? 레드 타워 1위잖아."

"하하, 걔는 절대로 그냥 가르쳐 주는 애가 아니라서."

"샨은 뭐든 다 갖고 있으니까 부러워. 하긴, 나쁜 소문 같은 거 신경 쓸 필요 없겠지."

그 말에 샨의 눈동자가 살짝 흔들렸다.

"나쁜 소문?"

유치한 질투다. 누가 봐도 사람 기분 나쁘라고 하는 짓이다. 알고 있었다. 라이나가 입술을 악물었다.

"모르고 있구나. 아무것도 아니야."

이렇게 말하면 궁금해서 되물어본다는 것도 알고 있다.

"무슨 소문인데?"

이렇게.

여기서 대답하면 안 된다.

"아무것도 아니야. 진짜 아무 소문 아니야."

여기서 더 사람 궁금하게 만든다. 자신은 하나도 나쁜 사람이 아니고, 그저 샨이 캐물었으니 어쩔 수 없이 대답했다는 포지션이 가능하다. 그러나 샨에게는 들을 필요가 없는 소문, 명백하게 악의를 담은 이야기다. 라이나는 알고 있었다.

분명 상처받을 거다. 그리고 계속 곱씹겠지. 소문이란 그런 법이니까. 그게 아니라고 증명하고 싶겠지만 더 이상하게 보일 거다.

'오늘 이야기를 샨을 싫어하는 애들에게 알려 준다면 좋아하겠지.'

분명 있는 말 없는 말 더 지어서 떠들 거다. 그런 게 이른바 그들만의 사회생활 아니던가.

샨의 맑은 눈동자가 한참을 고민한다. 그리고 판도라의 상자를 열었다.

'괜찮아. 한번 말해 봐.' 하고.

나쁜 건 샨이다. 말하지 않겠다는데도 이렇게까지 부탁

하지 않았나.

라이나가 입술을 들었다.

"실은 말이야, 샨. 나도 이건 아니라고 생각하는데, 네가 사실은……."

그 순간, 율케스가 양손으로 샨의 귀를 막았다.

"유, 율케스?"

"듣지 마."

샨이 바동거린다. 궁금한 게 당연하다. 자신에 관련된 소문 아닌가. 누군들 궁금해하지 않을까.

"율케스, 이거 놔. 답답해."

율케스는 샨을 뒤에서 끌어안아 귀를 막은 자세 그대로 라이나를 향해 말했다.

"너도 말하지 마."

사람이 아니라 썩은 쓰레기를 보는 눈이었다. 그의 망막에 비친 자신이 너무 부끄러워 눈물이 날 것만 같았다.

"아니, 나는 단지……."

율케스가 대답했다.

"그냥 말하지 마. 나도 그 소문 알고 있으니까."

바보 같다. 이런 모습이 안 걸릴 거라 생각했나. 라이나는 입술을 깨물었다.

"아니, 나는…… 그냥……." 한참을 어물거리다가 사과했다. "미안해."

그녀의 사과를 받고 나서야 율케스는 샨을 풀어 줬다.

"무슨 소문인데 그래?"

여기서 다시 아무것도 아니라고 대답한다면 다른 사람을 통해서라도 알아내려고 할 거다. 라이나는 대충 얼버무렸다.

"네 친구들이 샨 네가 불쌍해서 놀아 준다는 이야기가 있더라고."

"와, 너무하네. 전혀 아니거든!"

샨은 볼을 빵빵하게 부풀렸다. 조금 토라진 모양이지만 다행히 크게 상처받지는 않은 모양이다. 샨이 물었다.

"그거야? 네가 들었다는 소문이?"

"……."

율케스가 고개를 끄덕였다. 샨이 입술을 삐죽거렸다.

"나 이제 안 불쌍하거든? 카이랑 계약해서 불행 체질도 많이 나아졌고, 거기다가 이제 검도 쓸 수 있어."

라이나는 어색하게 웃었다.

"응, 내 생각에도 그래. 미안해."

잠깐 정신이 어떻게 된 모양이다. 그러면 안 되는 거였다.

거기다가 사랑하는 사람 앞 아니던가. 짝사랑이지만.

마침내 목적지인 서점 앞에 도착했다.

"여기에는 책이 있을 거야."

샨이 방긋 웃었다.

"고마워!"

질투라든가 악의라든가 하는 음습하고 추악한 건 전혀 생각하지도 않는 얼굴이다. 라이나는 그런 샨에게 고개만 까딱이고는 서둘러 돌아섰다. 눈물이 자꾸만 나왔다. 오늘은 제대로 잠도 못 잘 것 같다.

8.

라이나는 작게 한숨을 내쉬었다. 어제 일은 그동안 꿈꿔 왔던 일이지만 악몽이기도 했다.

'완전히 찍혔겠지.'

말수가 적다고 통찰력이 낮은 건 아니다. 아니, 오히려 보통 사람보다 사태를 잘 파악하는 경우가 더 많았다. 왜 그 한순간의 질투를 참지 못한 걸까.

그때 친구가 라이나 옆에 앉았다.

"너 어제 걔네들이랑 같이 돌아다녔다며?"

이야, 역시 이름도 필요 없다. '걔네들' 하나면 호칭 정리 끝이다. 하긴 율케스의 키도 눈에 띄고 샨의 미모도 눈에 띄는데 그 옆에 있는 이물질인 자신이 눈에 안 띌 리가 없지.

비참하다. 그 생각을 하니 자신이 더 작아지는 게 느껴진다.

"표정이 왜 그래?"

"아냐 아냐, 필요한 책이 있다고 해서 다른 서점을 소개해 줬어. 거기가 이 근방에서 가장 책이 많은 곳이거든."

"부럽다."

아카데미는 폐쇄된 사회다. 그 흔한 연극 공연이나 뮤지컬 배우 하나 만나는 것도 쉽지 않다. 영지에서 아무렇지도 않게 향유하던 것들이 이곳에 오면 절박해진다.

"부럽긴. 걷다가 팔이 닿았는데 나 때문에 혹시 기분 나빠진 건 아닐까 걱정했어."

"너는 그렇게 자학하는 것도 수준급이다."

그런가. 그렇게 자신감이 없는 걸까. 라이나는 멍하니 생각했다. 그때 누군가가 부르는 소리가 들렸다.

"라이나! 밖에서 걔들이 너 부르는데?"

걔들이 누구인지는 이곳에 있는 모두가 잘 알고 있다. 라이나는 서둘러 밖으로 나왔다.

기숙사 밖에는 샨과 율케스, 그리고 티스가 서 있었다.

티스가 손을 들었다.

"욥! 만나서 반가워. 샨 말대로 귀여운 아가씨네."

예의상 하는 말인 줄은 알고 있지만 그래도 가슴이 간질간질하다. 은근슬쩍 율케스의 눈치를 본다. 율케스는 아무 표정도 없이 그냥 서 있다. 무슨 생각을 하고 있는 걸까?

샨이 말을 꺼냈다.

"다름이 아니고, 그 서점 갔는데도 그 책만 없더라고. 괜찮다면 내가 필사만 해 가도 될까? 내용만 대충 베껴서 빨리 돌려줄게."

"……."

샨이 두 손을 모으고 간청했다.

"부탁해. 여기 둘, 진짜진짜진짜 낙제당하게 생겼거든. 내 실력으로는 그거 다 못 가르쳐 줘."

"아, 그게……."

그녀가 머뭇거리자 티스가 검지를 들었다.

"이 아가씨 뭔가 따로 바라는 게 있는 것 같은데? 그래서 대답을 미루는 거 아니야?"

그 말에 가슴 한편이 뜨끔했다. 티스는 눈을 가늘게 뜨고 그녀를 바라보았다.

"호오. 정답인 것 같은데?"

"아, 아, 아, 아니야!"

샨이 그녀의 손을 붙잡는다.

"원하는 게 뭔데? 내가 도울 수 있는 거라면 도와줄게."

그녀가 원하는 건 샨이 줄 수 있는 게 아니다. 아니, �율케스가 아니면 누구도 줄 수 없다.

"지, 진짜 아무것도 아니야. 책 그냥 줄게. 어차피 다 읽었고 나한테 그렇게 필요한 건 아니니까."

티스가 턱을 문질렀다.

"그렇게까지 사양할 것 있나? 뭐, 그러면 내가 할 수 있는 걸 해 줄게. 어때?"

그녀가 손을 저었다.

"아냐. 책 그냥 줄게. 대가는 안 바라니까."

"그렇단다. 율케스 네 생각은 어떠냐?"

그의 이름이 불리자 그녀의 어깨가 움찔거린다. 율케스가 무심하게 대답했다.

"어차피 필요 없는 책이라고 하는데 무슨 상관이지?"

"정 없는 녀석."

티스는 혀를 찼다. 그러고는 그녀에게 손가락을 탁 튕겼다.

"그러면 내 멋대로 보답을 할게. 받을지 말지는 좋을 대로 해. 그걸로 괜찮지?"

그녀는 마지못해 고개를 끄덕였다.

9.

책을 받고 돌아오며 샨이 물었다.

"대체 어떻게 할 생각이야?"

"뭐가?"

"대가라니, 뭘 줄지 생각했어?"

"응."

샨이 티스만 들을 수 있는 목소리로 작게 말했다.

"율케스는 그녀를 별로 좋아하지 않는 눈치던데?"

그 말에 티스가 웃음을 터뜨린다.

"어떨 거 같아?"

"아니야?"

율케스도 들을 수 있는 목소리로 티스가 말했다.

"저 녀석은 좋다든가 싫다든가 하는 걸로 감정 낭비 하는 놈은 아니야. 아마 아무 생각 없을걸?"

정작 율케스는 아무 말도 없다. 샨은 율케스의 눈치를 슬쩍 본다. 율케스의 감정 변화를 읽어 내는 건 힘든 일이다. 설령 그게 오랫동안 동고동락한 기숙사 룸메이트라고 해도.

샨에게 책을 건네주고 돌아오기가 무섭게 라이나를 에워싸는 아가씨들이 있었다.

"저기, 우리 잠깐 이야기 좀 할래요?"

카라스 울프. 그린 타워의 실세들 중 하나, 아니 어떤 의미로는 가장 큰 실세라고 해도 과언이 아니다.

그린 타워는 대대로 여성이 많았다. 언어적 능력과 감수성이 중요한 녹마법이다 보니 여성 쪽이 더 재능을 보이는 경우가 많았고, 실제로도 기숙사 시험 때 여성이 더 많이 뽑혔다.

카라스 울프는 그녀와 똑같은 해에 입학했고 사교계를 장악했다.

어느 사이엔가 그린 타워는 그녀와 얼마나 친한가에 따라 서열이 매겨지기 시작했다. 귀족가 여성들끼리의 싸움은 귀족 남성들이 보여 주는 싸움과는 양상이 사뭇 다르다.

라이나가 고개를 숙였다.

"무, 무슨 일이죠?"

라이나는 그녀와 통성명조차 하지 않은 사이, 그러니까 이 캣파이트 내에서는 서열 최하위다.

"별거 아니에요. 샨 알테리온 군과 친해 보여서요. 그런 라이나 양이라면 저희와도 교류해 줄까 기대가 되더라고요."

카라스 울프가 크롬을 좋아하고 있다는 건 이 기숙사에서 모르는 이가 없다. 그녀가 가주인 아버지를 독촉해 몇 번이나 중매 서신을 보냈지만 마이어하트 가문은 그 서신에 응답하는 일이 없었다.

여성 측 가문에서 두 번 이상 같은 요청을 하는 건 엄청난 수치다.

자존심이 전부인 이 사교계 바닥에서 값싼 여자라는 소문이 돌기 충분하다. 그러나 울프 가문은 네 번이나 마이어하트 가문에 서신을 보냈다. 그게 모두 카라스 양 때문이다.

가주는 외동딸인 카라스를 몹시도 귀여워했고 그녀가 원하는 일은 모두 해 주려 한다.

그게 설사 잘못된 일일지라도.

그녀의 가장 즐거운 취미 중의 하나가 미동들을 묶어 놓고 등에 채찍질을 하는 일이었다. 그러다 몇이 죽었지만 어차피 노예. 아버지는 닭장에 새로운 암탉을 채워 넣듯이 이튿날이면 새로운 노예로 갈아 준다고 한다.

그런 그녀가 취미 생활도 즐길 수 없는 이 아카데미까지 온 건 그 특유의 지배욕, 권력욕 때문. 노예를 발아래에 무릎 꿇리는 것도 질려서 이제는 동급생에 같은 계급 출신인 사람들을 부리고 싶었기 때문이다.

아카데미는 기대 이상으로 그녀의 지배욕을 충족시켜 주었다. 그러나 폭력 욕구는 좀처럼 충족시켜 주질 않았다.

카라스는 새빨간 입술을 손등으로 가리며 키득거렸다.

"음, 샨 알테리온 군과는 어쩌다가 만난 건가요?"

라이나는 무덤 위를 걷고 있는 기분이 들었다.

"어제 처음 본 게 저, 전부입니다. 채, 책 때문에요."

"어머! 그런가요?"

카라스는 깜짝 놀란 표정으로 입을 가렸다. 이윽고 그녀가 턱짓을 하자 그녀의 패거리 가장 뒷줄에 있는 여성이 라이나에게 카드를 건넨다.

옷자락이 당겨지며 손목 아래에 갓 당한 벌건 화상 자국이 드러난다. 라이나가 그 화상을 보는 순간 그 여성은 황급히 옷자락을 당겨 감춘다. 카라스가 혀를 찼다.

"쓸모없는 것."

그녀의 말에 소녀가 울 것처럼 어깨를 떨었다. 카라스가 고개를 살짝 꺾었다.

"초대장을 줬으니 자기소개를 해야겠지?"

그 말에 소녀의 몸이 다시 떨린다. 입술이 열렸다 닫히며 간헐적으로 말을 뱉었다. 너무 작은 소리라 들리지가 않았다.

카라스가 '다시.' 라며 명령하자 소녀는 결국 모두가 들을 수 있는 소리로 말했다.

"제…… 이름은 바퀴벌레입니다."

그 말과 동시에 여성들이 전부 웃음을 터뜨렸다.

"까하하하! 진짜로, 진짜로 했어!"

"세상에! 기가 막혀서, 시킨다고 진짜로 하냐!"

스스로를 바퀴벌레라고 부른 소녀는 얼굴이 시뻘게져서 눈물만 뚝뚝 흘렸다. 카라스 양이 그녀들을 나무랐다.

"어머, 다들 너무하네요. 그런 숙녀답지 못한 웃음이라니. 파르테 양도 무슨 생각이세요? 스스로를 그렇게 부르다니. 가문 사람들이 보면 경악하겠어요.”

그러나 그녀도 웃고 있었다.

‘최악이야.’

절대로 마주치고 싶지 않은 패거리들이다. 말도 섞고 싶지 않은 패거리들이다.

‘어쩌지?’

오늘 샨에게 책을 빌려줬다는 게 아마 그녀의 심기를 거스른 모양이다. 아니, 말은 바로 하자. 그냥 그녀는 오늘 심기가 나빴고, 친구라는 이름의 새로운 노예가 필요하던 차에 마침 라이나가 운 나쁘게 걸린 거다.

초대에 응하면 그대로 다음 장난감 확정. 거절하면 감히 거절했다는 걸 핑계 삼아 더한 짓을 하겠지.

“그러면 기대할게요. 다과회 날짜는 초대장에 적혀 있으니까 늦으면 안 돼요. 저희 엄청 기대하고 있거든요. 라이나 양을요.”

그녀는 성녀처럼 화사하게 웃었다.

10.

기숙사의 누구도 라이나에게 말을 거는 이가 없었다. 심지어 샨네 일행을 만나서 부럽다고 했던 친구들조차 라이나에게 말을 걸지 않았다.

"미안해. 친구가 기숙사 방을 같이 쓰자고 해서. 나 원래부터 걔랑 같이 쓰려고 했었거든."

이렇게 갑자기?

"나는 몸이 좀 안 좋아서 기왕이면 낮은 층으로 가려고. 여기는 너무 높은 층이잖아. 다리가 너무 아프더라."

어제까지만 해도 30센티미터가 넘는 킬힐 신고 잘만 올라왔잖아.

항변을 하고 싶어도 이미 이유를 다 알고 있기에 그냥 보내 주었다. 얽히고 싶지 않은 거겠지. 울프 패거리들에게는.

그날 밤, 텅 빈 기숙사 방에 홀로 남은 라이나는 편지칼을 들고 한참을 바라보았다. 날도 없는 칼로 손목을 그은들, 피도 안 나겠지만 그래도 시늉이라도 해 본다.

파르테라고 했던가. 자신을 바퀴벌레라고 소개했던 소녀. 손목의 화상을 보니 펄펄 끓는 차라도 부어 버린 모양이다. 피학적인 삶에 익숙해진 거겠지. 아니면 걔도 지금쯤 편지 칼 들고 죽고 싶다고 고민하고 있든가.

'목이라도 맬까.'

시체라도 보면 걔들이 반성이라도 할까?

할 리가 없다. 그런 걸로 반성할 인성이었으면 애초에 이러고 살지도 않았다. 울프 패거리들에게 찍힌 여자애치고 곱게 학교 다니는 걸 못 봤다. 자퇴하든가 파르테처럼 당하든가.

학생 하나하나가 귀족가의 자제들이다. 교수들이 할 수 있는 체벌도 한정적이거니와 애초부터 이곳의 교수들은 기본적으로 학생들에게 무심하다.

'자퇴……가 가장 현실적인 답이겠지.'

그러나 그랬다가는 두 번 다시 사교계에 진출할 수 없다. 패배한 암캐를 상대해 줄 사교장도 없을뿐더러 라이나가 떠나게 되면 그걸 빌미로 엄청난 소문을 내서 사방에 퍼뜨릴 게 뻔하다.

당사자는 이미 떠났으니 항변할 수단도 없다.

호전적인 걸로 유명한 바스커빌 가문이야 소문 유포자를 찾아서 머리부터 발끝까지 작신작신 밟아 주겠지. 그래서 샨과 그렇게 절친한데도 지젤 바스커빌은 건드리지 않는 거고. 애초부터 지젤은 기숙사도 다른 데다가 혼자서 남자 기사 네다섯은 너끈하게 쓰러뜨리지 않나.

막말로 지젤 정도라면 그냥 카라스를 찾아가 주먹으로 쥐어 패 버리면 된다. 걔라면 맨손으로 사람 두개골 정도는 충분히 함몰시킬 수 있을 거다. 그리고 꼬우면 영지전 신청하라고 하겠지. 바스커빌가 사람들은 좋다고 뿔피리를 불 거고.

'나는 중소 귀족의 딸. 매력이 있는 것도 아니고 무력도 그리 강하지 않아.'

그런 여식은 정략결혼에도 쓸 수가 없다. 결국 평생 수도원에 처박아 두겠지. 늙어 죽을 때까지.

"하아."

아마 파르테도 자신과 같은 처지일 거다. 걔는 그렇게 될 바에는 어떻게든 졸업하자는 쪽으로 선택을 한 걸 거다. 어쩌면 카라스가 다음 장난감으로 이쪽을 주목한 것에 내심 안심하고 있을지도 모른다. 그렇게 되면 자신은 자유의 몸이 될 테니까.

다과회까지는 앞으로 나흘.

그녀는 베개를 끌어안고 한참을 울었다.

그리고 이튿날 오후쯤, 티스가 그녀를 찾았다. 나름의

답례를 하기 위해서.

새벽까지 대성통곡을 했더니 눈 부은 게 돌아오질 않았다. 냉각 마법으로 얼음을 만들고 한참 찜질을 해도 돌아오질 않는다. 결국 눈 화장을 두껍게 해서 얼버무렸다. 평소 화장을 거의 하지 않다 보니 어색하기만 하다.

기숙사 입구에서 티스가 손을 흔들었다. 티스에게 다가가려는 순간 뒤에서 웃음소리가 들렸다. 뒤를 돌아보니 다들 아닌 척 가만히 있다. 옷이 이상한 걸까? 아니면 역시 화장이?

그런 문제가 아닌데도 저절로 어깨가 움츠러든다.

티스가 소리를 친다.

"와! 오늘 피부 너무 좋네! 좋은 일 있어?"

설마 웃음소리를 거기서 들은 건가? 들었다고 해도 보통 사람이라면 그냥 넘어가거나 대수롭지 않게 생각하는 게 당연하지 않나. 남들 다 들으라는 듯 저렇게 크고 경쾌하게 인사를 건네지는 않는다.

'설마 정말로 오늘 피부가 좋은가?'

그럴 리가. 새벽까지 잠도 못 자고 눈물로 보냈는데 좋기는커녕 추하지만 않으면 다행이다.

웃음소리가 다시 들린다. 이번에는 티스도 별말 없이 잠자코 웃고만 있다.

"저기, 보답은 괜찮다고 말하려고 왔어."

"어? 정말? 나는 공짜로 뭐 받는 거 싫어해서."

"공짜는 아니야. 진짜로."

티스가 그녀의 손목을 잡아당긴다. 상체가 앞으로 당겨진다. 티스는 그녀만 들을 수 있을 정도로 작은 목소리로 속삭였다.

'적어도 폐는 끼치고 싶지 않으니까.'

그 말에 가슴이 철렁했다. 티스는 주변에 들리라는 듯 낭랑한 소리로 말했다.

"파르페 어때? 요 앞에 파르페가 맛있는 카페가 있는데, 그 정도라면 괜찮지 않아?"

'일단 자리를 뜨자.'

티스의 입술이 작게 속삭였다. 부드럽지만 강한 권유에 그녀는 고개를 끄덕일 수밖에 없었다.

"으응. 아, 알았어."

티스는 파르페집으로 가지 않았다. 학교 공터, 사람이 없을 만한 별관 쪽 벤치를 골라서 앉았다. 라이나도 수업 때문에 이 근방을 많이 돌아다녔지만 이런 공터가 있을 줄은 몰랐다.

티스는 다리를 꼬고는 담뱃대에 불을 켰다. 잘 지냈냐, 혹은 무슨 일이냐는 말도 없이 그는 한마디를 던졌다.

"고생 많았지?"

그 말에 눈물이 울컥 흘러나왔다.

"아, 아니. 별로 고생 안 했어."

울면서 말해 봐야 설득력 제로라는 건 알고 있다. 그런데도 눈물이 멈추질 않는다. 티스는 연기를 천천히 내뱉는다. 새빨간 망막이 작게 찰랑거린다. 남자가 담배 연기를 뱉는 모습이 이토록 퇴폐적일 수 있구나. 라이나는 울면서도 생각했다.

"울프?"

"……그걸 어떻게?"

"예전에 잠깐 교제한 적 있거든. 비밀로."

"카라스 울프 말하는 거 맞아? 걔는 크롬 일편단심이라서 아무나하고 교제하지 않는 걸로 알고 있어."

티스가 담뱃대에서 재를 툭툭 바닥에 털어 냈다.

"내가 '아무나'는 아니니까."

남들이 이런 말을 했다면 오만하다 여기겠지만 이 남자

가 하는 말은 당연하게 느껴졌다. 그가 말을 이었다.

"얼굴 때문에 잠깐 교제했는데 성격이 도저히 아니라서 결국 정리했어."

"성격 보여 준 거야?"

"남자 앞인데 당연히 내숭 떨었지. 그래도 감춘다고 안 보이는 건 아니니까."

티스가 품에서 손수건을 꺼내서 건넸다.

"미안하다는 말은 안 한다. 알지? 그냥 그때 샨한테 그 책 줬으면 소문도 안 났어. 너한테는 필요도 없는 책이잖아."

"그건 어떻게……?"

"네 성적 보면 바보라도 알아."

대체 이 남자는 어디까지 알고 있는 거지. 그걸 아무렇지도 않게 내뱉는 모습이 섬뜩했다.

그렇다고 아니라고 부정할 수도 없었기에 그녀는 고개만 끄덕였다.

"그리고 아무리 질투 때문이라도 샨은 건드리지 마. 율케스가 문다. 걔 사나워."

마치 마당에 기르고 있는 대형견을 설명하듯 말하고 있다. 그래도 첫사랑이라 뭔가 한마디 반박하고 싶었지만 딱히 할 말이 없다. 잠시나마 질투했던 건 사실이었으니까.

“그래도 율케스가 별말 없이 다시 만나 준 걸 보면 중간에 잘 접었던 모양이네.”

“율케스는 대체 샨에게 왜……?”

“친구지. 누구보다 소중한 친구. 그 녀석에 대한 모든 걸 알면서도 편견 없이 한 사람의 인간으로 대해 줬고, 최근에는 몸을 던져서 걔가 살아갈 목적도 만들어 줬어. 나도 그건 못 했는데 결국 하더라.”

“은인 같은 거야?”

“비슷한데 조금 달라. 그런 감정을 뭐라고 정의해야 할지는 잘 모르겠다. 경애? 충의? 아니, 그런 것들도 엄연히 말하면 조금 다르고. 아무튼 샨만 안 건드리면 안 물어. 평소에는 온순해.”

대체 샨은 율케스에게 뭘 한 걸까. 가슴 한구석에서 그을음이 다시 피어오른다.

티스는 그녀의 망막 안, 어두운 곳을 엿본다.

“나도 알아. 알지만, 표현만 하지 마. 어떤 형식으로라도 내뱉으면 그게 사실이 되니까.”

“미안.”

“아냐, 너는 아직 아무 말도 하지 않았는걸.”

티스는 머리를 벅벅 긁었다.

"샨은 원래부터 오해받기 쉬운 녀석이었으니까. 겉으로 보면 우리 중 가장 약해 보이기도 해서 더 이런 일이 생기는 거 같아."

"강해 보이는 게 아니라?"

"너는 한 손으로 네 머리를 으깰 수 있는 인간을 상대로 질투할 수 있어?"

그 말에 말문이 막힌다. 자기 안에 있었던, 감추고 싶었던 추악한 부분을 티스는 아무렇지도 않게 스푼으로 긁어낸다.

"원래 그런 법이야. 거기다가 몇 마디 악담 좀 퍼트린들 딱히 보복이 올 것 같지도 않은 상대라면 그야말로 적격이지. 샨 생긴 걸 봐. 만만하고 예쁘게 생겼잖아."

만만하고 예쁘다니. 티스가 말했다.

"실제로도 호구되기 좋은 성격이지. 남에게 폐 안 끼치려고 하고 나쁜 소리 안 들으려 하고. 그러면서도 옳다고 생각하는 일은 고집으로 밀어 버리고."

"그건 나도 알고 있어."

"어때? 실제로 보니 소문으로 듣는 것보다 더 만만해 보였지?"

가슴이 아프다. 이 남자는 사람의 어두운 면을 아무렇

지도 않게 긁어낸다. 차라리 혐오하는 기색을 보이거나 그런 네가 싫다, 나쁘다는 등 감정적인 말을 했다면 마음이라도 편했으리라. 그러나 티스는 점심 메뉴를 정하는 듯 심상한 목소리로 말을 이어 나갔다.

"그래서 나도 우리 애기가 걱정인데. 뭐, 괜찮겠지. 요즘 보니까 잘 성장해 나가고 있던데."

"왜 날 도와주는 거야? 정말로 도움을 받았으니까 돌려주려는 거야?"

"아, 그건 당연히 거짓말이지. 그런 손익 계산해서 일일이 보답을 따질 정도로 착실하진 않아서 말이야. 그래도 샨이 미안해하고 있기도 하고, 율케스가 신경 쓰고 있기도 하고. 그리고 너……."

티스가 그녀의 턱을 툭툭 두드렸다. 무례한 행동인데도 기분이 나쁘지 않았다.

"예쁘게 생겼거든."

"뭐?"

어이가 없어서 그녀가 눈을 동그랗게 떴다.

"예쁘게 생겼다니까? 난 미인을 도와주는 거 좋아하니까."

라이나는 저도 모르게 벌떡 일어났다.

"무, 무, 무, 무슨 말도 안 되는 소리야!"

"아, 역시 못 믿네. 네가 울프보다 훨씬 예뻐."

이 남자, 대체 원하는 게 뭘까. 티스가 치아를 드러내며 웃었다.

"그래, 그러면 증거를 보여 줄게."

티스는 소매에서 여성용 분첩과 연지를 꺼냈다. 대체 왜 저걸 소매 속에 넣고 다니는지는 둘째 치고서라도 저 팔랑팔랑한 옷 어디에 숨길 공간이 있는지 신기할 지경이다.

"화장할 줄 알아?"

"잘 못해. 영지에서는 시종들이 해 줘서……."

처음에는 옷 입는 법도 몰라서 한참이나 고생했다. 영지 안에서는 시종이 늘 옷을 갈아입혀 주고, 목욕 시중을 들어 준다. 먹다가 내려놓은 스푼이 비뚤어져 있으면 잽싸게 달려와서 원래대로 맞춰 놓는다.

이곳은 그런 게 없다. 방을 청소해 주거나 세탁을 해 주는 정도의 기본적인 일을 하는 사람은 있지만 늘 옆에서 보좌해 주는 이는 없다. 씻는 것도 혼자고 먹는 것도 혼자다.

티스가 웃었다.

"어쩐지 화장할 줄 모르더라."

티스는 분첩을 돌렸다. 진주를 갈아 만든 가루가 빛에 반짝였다. 그녀가 얼굴을 붉혔다.

"나 세수해야 하는데."

"괜찮아. 눈 감아."

티스의 얼굴이 가깝다. 숨결이 뺨에 닿아 따뜻하다.

모름지기 남자란 존재는 검을 들어야지 분첩을 드는 건 이상한 일이라고 늘 배워 왔다. 그녀의 기준에서 티스는 이상한 사람이다.

'외국인이라서 그런 걸까?'

그러고 보면 율케스나 샨의 가문에 대해서는 모르는 사람이 없을 정도로 유명하지만 티스에 대해 아는 사람은 별로 없었다. 이상했다. 그렇게 관심을 받고 있는 삼총사인데 누구도 티스의 과거에 대해 궁금해하지 않다니.

'외국의 왕자님이라고 하던데.'

그 외국이 정확히 어느 나라인지도 모른다. 그럼에도 지금 이 순간만큼은 오래전부터 알던 사이 같았다.

악마와 계약하는 기분이 들어 그녀는 눈을 감았다.

11.

카라스 울프는 하루 종일 기분이 좋았다. 라이나 그년이 드디어 수업을 거부하기 시작했기 때문이다. 그 이유야 뻔했다. 자신 때문이다.

자신이 한 행동 때문에 동요하고 있는 상대를 보는 건 무척이나 즐거운 일이다.

파르테는 수건으로 그녀의 발을 닦았다. 그녀는 페디큐어 바른 발톱으로 파르테의 얼굴을 찍었다. 파르테는 저항도 없이 뺨을 내준다.

'슬슬 질린단 말이지.'

신선도라고 해야 할까?

괴롭히는 상대가 모든 저항을 포기하면 그 후부턴 재미가 떨어지기 시작한다. 보통은 조금만 더, 조금만 더, 점점 더 본인이 괴로워할 만한 걸 들이민다.

처음에는 10만큼 저항하더라도, 결국 한 번이라도 하게 되면 그 다음은 5만큼, 그 다음은 3만큼, 그 다음부터는 저항 없이 그냥 당한다.

첫 번째로 저항할 때 강제로 시키는 게 가장 즐겁고, 그 후에는 공포를 학습시키는 것 외에는 의미가 없다.

그런 의미에서 파르테는 무뎌질 만큼 무뎌졌다.

이미 반쯤 인간이길 포기했고, 고통이나 치욕 같은 감정조차도 잠식된 지 오래다.

지난번에 바퀴벌레를 삼키게 했을 때는 비명이라도 지를 줄 알았건만 텅 빈 눈으로 그냥 먹는 걸 보고 오만 정이 다 떨어졌다.

'라이나 그 계집은 좀 더 버텨 줬으면 좋겠는데 말이지.'

그녀는 파르테의 뺨에서 발을 치운다.

"됐어. 꺼져."

파르테는 몸을 일으키는 대신 무릎걸음으로 구석까지 물러난다. 시종들이 주인에게 하는 것보다 훨씬 굴욕적인 자세다.

이 아이도 자기 영지 안에서는 꽤나 예쁨받고 자랐을 걸 생각하니 그건 그거대로 묘한 쾌감을 준다.

이제 곧 티파티가 열린다.

라이나 그 계집이 과연 초대에 응할지 도망칠지 궁금하다. 그러나 어느 쪽이든 상관없었다. 결국 승리하는 건 자신이 될 테니까.

"신상 향수가 어디 있더라?"

오늘은 누구보다 아름답게 꾸밀 생각이다.

크롬에게 들러붙은 샨, 그 남자 계집보다도 훨씬 아름답게.

12.

새하얀 드레스에 머리는 비둘기 핀으로 고정시켜 틀어 올렸다. 이슬을 머금은 한 떨기 백합 같았다. 카라스는 거울 속에 비친 자신에게 무척이나 만족했다.

이미 기숙사 방 안에는 친구들이 하나둘 모여들었다. 새로운 노예를 어떻게 부려 먹을지 벌써부터 깔깔거리며 기대하고 있다.

그 와중에도 파르테는 차를 끓이고 과자를 옮긴다. 친구 중의 하나가 파르테의 발을 걸고는 엎어뜨린다. 파르테가 바닥을 구르자 찻잔이 깨진다. 찻잔 조각이 손목 아래까지 깊게 박힌다.

"세상에, 얼마짜리 찻잔인데 그걸 깨는 거죠?"

"귀한 카펫에 피까지 묻었잖아요. 어쩌죠?"

누구도 파르테의 상처를 걱정해 주지 않는다. 파르테는 몸을 일으켜 주섬주섬 깨진 찻잔 조각을 챙긴다.

그런 파르테에게 누군가가 뜨거운 찻물을 끼얹는다.

이번만큼은 그녀도 아팠는지 비명을 지른다.

"어머, 손이 미끄러져서."

"파르테 양, 우리는 신록의 그린 타워 학생이잖아요. 치유 마법 정도는 파르테 양도 충분히 할 수 있을 거예요."

"아니면 설마, 이제 와서 엄살을 부리는 건 아니겠죠? 그랬다가는 파르테 양의 약점들이 혹시…… 나쁜 사람들 손에 넘어가는 건 아닐까 걱정되네요. 호호호!"

괴롭히는 과정에서 상대의 약점을 손에 넣는 건 당연한 수순이다. 한번 걸려들게 되면 점점 개미지옥처럼 끌려들어 간다.

왁자지껄 떠들던 다섯 사람이 한순간 입이 멈춘다. 꼭 이럴 때가 있다. 이유 없이 약속이라도 한 듯 정적이 찾아올 때.

시곗바늘 소리가 울린다. 예정된 시간에서 10분이나 지났지만 라이나는 오지 않는다.

"혹시나 했는데 역시나 우리를 바람맞혔네."

이런 경우는 충분히 예상했다. 오늘 수업도 빠진 계집아니던가. 어쩌면 이미 자퇴서 쓸 준비까지 했는지도 모른다.

"한번 가 볼까요? 어쩌면 라이나 양이 몸이 너무너무 안 좋아서 빠진 걸 수도 있으니까요. 해열제라도 들고 가죠."

해열제라면서 카라스가 꺼내든 건 강력한 구토약이다.

그 의도에 패거리들이 악마처럼 웃었다.

"어머, 그러네요. 몸이라도 아프면 큰일이니까요. 친구들끼리 도와야죠."

그녀들 모두 몸을 일으켰다.

뭔가 이상했다. 기숙사 복도를 지나가는 내내 사람 인기척이라고는 하나도 들리지 않았다.

'뭐지?'

해가 떨어졌다고는 하나 그렇게 늦은 시간은 아니다. 아니, 아무리 늦었다고 해도 복도에 지나가는 사람 한둘쯤은 보이기 마련이다. 그런데 복도에는 내내 자신들의 발걸음 소리만 울린다.

'기분 탓일 거야.'

곧 시험 기간 아닌가. 다들 공부하려고 방에 들어가 있는 거라고 생각했다.

마침내 울프 패거리들은 라이나의 방 앞에 도착했다.

문을 똑똑 두들기며 명랑하게 말했다.

“라이나 양, 거기 있나요? 오늘 티파티에 오지 않아서 걱정돼서 와 봤어요. 호호호!”

보통이라면 그녀의 목소리에 눈물을 질질 짜며 소리를 지르든가 억지웃음을 지으며 문을 열어 주든가 한다. 아주 드물게 아예 방에 없는 척하기도 하고.

“…….”

과연 대답이 없다.

“라이나 양? 라이나 양, 없으신가요? 어머, 혹시 너무 아프셔서 우리가 온 줄도 모르시는 거 아닐까?”

그렇게 말하며 마력을 담아 문손잡이를 잡아당긴다.

부실한 기숙사 잠금장치로는 그녀의 악력을 막을 수 없다. 문이 거칠게 열렸지만 그곳에 라이나는 없었다.

자퇴라도 준비하나 싶었지만 그러기에는 짐을 싼 흔적도 없고 방 안이 가지런하다.

그때 밖에서 웃음소리가 들렸다.

창밖을 바라보니 기숙사 후원에서 티파티가 열리고 있었다.

‘이게 대체 무슨 일이지?’

그냥 티파티도 아니고 기숙사 학생들 대부분이 나와서 삼삼오오 테이블에 앉아서 차를 마시고 있다. 원체 후원이 그런 용도로 만들어진 곳이라 티파티 하기에 좋은 장소다.

그러나 이 정도로 많은 인원이 참석했다면 분명 자신의 귀에도 소식이 들어와야 옳은 게 아닌가.

'이상한데?'

그녀들은 뭔가 이변을 눈치챘다.

급히 내려가 보니 티스가 파티의 안주인 역이 되어 테이블 사이를 종횡무진하고 있다. 남자가 나서서 파티의 안주인이 되는 것 자체가 이례적인 일이지만 그 전에 티스는 그린 타워 입장에서 보면 외부인이다. 기숙사 소속도 아닌 학생이 자청해서 티파티를 열어 안주인 노릇을 하고 있는 거다.

그녀가 후원으로 들어오자 이야기 소리가 멎는다.

사바나에 암사자가 출현했다. 티스가 찻주전자를 흔들었다.

"와아, 오랜만!"

그녀는 예를 차려서 치맛자락을 살짝 들어 올렸다.

"오랜만이군요, 티스 이타카르 왕자님. 시험 기간이어서 준비하느라 제가 파티 소식을 못 들은 모양이군요. 외부인이신 군께서 여기엔 무슨 일이신지요?"

이 시기에 무슨 티파티냐. 그리고 너는 외부인이지 않느냐. 그녀는 돌려서 까고 있었다. 그러나 티스는 전혀 알아듣지 못한 척 태연하게 말했다.

"무슨 말씀인지 도통 모르겠네?"

"예의를 갖추셨으면 좋겠습니다, 티스 이타카르 군."

그 말에 티스가 실수했다는 듯 헛기침을 했다.

"네네, 경어로 응해 드리지요, 카라스 울프 양. 아무튼 자리에 앉으시겠습니까?"

제대로 된 대답을 하라고 종용하려 했지만 티스는 자연스럽게 그녀들을 구석진 테이블에 착석시켰다. 화를 내는 것조차 어려운 분위기다. 거기다가 가장 말석이라니.

어느 파티에서든 주인공은 그녀들이 되어야 했다.

정신을 차리고는 다시 카라스가 몸을 일으켰다.

"잠시만요! 제 질문에 대한 답을 하지 않으셨는데요? 다들 그렇게 생각하지 않으세요? 이 티파티는 허가받지 않았다고요!"

평소라면 분명 이쯤에서 호응이 오는 게 당연했다. 어떻게 그럴 수 있냐, 울프 양이 말하는 게 맞다…… 이런 식으로 다들 한마디씩 보태는 게 예의다.

"……."

호응이 없다. 같이 온 패거리들만 말 몇 마디 보탠 게 전부다.

거기다가 티스의 미소가 이상하다. 그와는 매우 짧은 교제를 했다. 티스는 흔히 말하는 방탕아답게 만남도 헤어짐도 깔끔한 편이다. 그러나 그쪽에서 여성을 먼저 찬 건 이례적인 일이었다.

그게 카라스의 자존심을 꽤나 오래 긁었다. 비밀로 교제했기에 어디에 하소연도 불가능하거니와 하소연을 한다 한들 자존심만 왕창 상할 일이다.

그걸 알고 있는 티스는 절대로 먼저 그걸 말하지 않는다. 어떤 의미로는 약점을 틀어잡힌 셈이다.

'그래서 처음에 반말을 한 건가. 그때를 상기시켜 주기 위해서?'

아니다. 이건 너무 멀리 넘겨짚었다. 어찌 됐거나 이대로 끌려다니는 건 사양이다. 주도권을 이쪽이 되찾아야 한다.

그녀는 주의를 끌기 위해 웃음을 터뜨렸다. 다행히 이목이 집중된다.

여기서 부드럽게 티스를 말로 후려치면 된다. 이러니 저러니 해도 티스는 이방인, 오늘 지나면 나갈 사람이다.

그렇다면 결국 잘 보여야 할 건 자신. 그린 타워에 있는 모두가 그 사실을 알고 있다.

그녀가 말을 꺼내기도 전에 티스가 선수를 친다.

"걱정 마. 이 다과회의 안주인은 내가 아니니까. 나는 어디까지나 손님이야."

그때 음악이 바뀌었다. 경쾌하게 울리던 음색이 잔잔하고 부드러운 음색으로 변했다. 후원 입구에서 어떤 여성이 걸어 들어왔다.

로즈골드빛 머리카락의 여성이었다. 드레스도 아닌 가벼운 원피스 차림에 샌들을 신었다. 소박한 의상이었다. 멋을 부린 부분이라고는 목에 감은 붉은색 스카프 정도.

'누구지?'

카라스 울프는 눈알을 굴린다. 한 번도 본 적 없는 여성이었다. 주변에서는 수군거리는 목소리가 커져 갔다.

"진짜야? 재가? 저렇게 됐어?"

"대체 무슨 화장을 하면 이렇게 되는 건데?"

"성형 마법이라도 쓴 거 아니야? 흑탑에서 한다던."

"설마. 그건 부작용이 큰데, 그렇게까지 했겠어?"

누굴까. 대체 저 계집은 누굴까. 목이 바짝바짝 탔다.

속눈썹이 길고 두상은 반듯했다. 눈이 크고 콧대는 조

금 작았지만 시원시원한 맛이 있었다.

티스가 다가가 그녀에게 팔을 내밀어 에스코트한다.

"준비는 끝났어? 라이나."

그 말에 울프 패거리들의 눈이 커진다.

13.

'그날' 오후, 브러시가 마지막 터치를 남기고 떨어졌다. 살갗이 벗겨지는 감각이 들었다. 어쩐지 따끔하다.

"다 됐어."

그제야 눈을 뜬다. 티스의 얼굴이 보였다. 표정에서 미소가 사라져 있다. 웃지 않으면 꽤나 사나운 인상이구나, 라이나는 생각했다. 그는 거울을 그녀에게 건넸다. 거울 속에서는 천사님이 웃고 있었다.

그저 분 조금 바르고 볼만 약간 매만졌을 뿐인데 눈 밑에 들어 있는 다크서클은 사라져 있었고 주근깨가 가득했던 뺨은 갓 딴 복숭아 같았다.

"예쁘다. 나 이렇게 예뻤네."

평생 단 한 번도 예쁘다는 소리를 들어 본 적이 없었

다. 심지어 부모님에게도, 메이드들에게도 들어 본 적이 없었다. 착실하게 생겼다, 정숙하게 생겼다는 말만 많이 들었다.

티스가 머리카락을 매만진다.

"샴푸 바가 안 맞는 거 같은데? 이건 큰 맘 먹고 비싼 걸로 교체해야겠다."

"그건 걱정하지 마."

아무리 중소 귀족이라곤 해도 샴푸 바 정도는 얼마든지 살 수 있다.

티스가 웃었다.

"거 봐. 내 말이 맞지?"

"응. 나 예쁘다."

울컥 눈물이 나왔다. 티스가 어깨를 붙잡았다.

"워워, 아이라이너 번져. 이거 방수 아니다."

대체 남자가 왜 그런 걸 들고 다니는 거냐! 아니, 그 전에 그 어마어마한 화장 실력은 어디서 배운 거고!

묻고 싶은 것들이 목구멍까지 넘어온다. 그런데 물어볼 수가 없었다. 어째서일까. 그런 걸 물어보면 눈앞의 왕자님이 훌쩍 사라져 버릴 것만 같았기 때문이었다.

"복수하고 싶어?"

말이 심장을 찌른다. 라이나는 당황한다.

"보, 복수라니. 내가? 아, 아직 당한 것도 없는데?"

"이미 충분히 고민했고, 거기다가 앞으로 당할 것들이 남아 있잖아. 선수필승, 싸움은 선빵이 중요하잖아."

이미 선빵을 먼저 친 건 울프 패거리들 아닌가. 거기다가 어떻게?

"내가 어떻게 그런 게 가능하겠어? 나는 그냥 다음 상대가 내가 아니길 바라는 게 전부인걸."

"에이, 너무 겁먹는 거 아니야? 걔가 뭐라도 된다고."

"너는 남자니까 다르지."

"그러면 여자는?"

그 말에 목이 콱 막힌다. 절망감에 성대를 억지로 쥐어 짠다.

"남자들이 사교계에서 경험할 수 있는 것과 우리가 사교계에서 경험할 수 있는 건 달라."

그 말에 티스가 배를 잡고 웃음을 터뜨렸다.

"왜? 내가 너라면 당장 찾아가서 걔 머리카락을 쥐어뜯어 버릴 텐데. 땜통 만들면 볼만할걸?"

"아, 아니야! 그런 짓을 했다가는……."

"뭐 어때? 이미 친구는 너한테서 등 돌렸잖아. 어차피 장난감이 돼 버린 이상 뭘 해도 안 돌아와. 거기다가 네가 이 꼴이 돼서 고민하고 있는데 어디 한 사람 널 불쌍히 여기는 사람이 있어?"

"이, 있을 거야. 나도 파르테, 그 아이는 불쌍히 여기……."

티스가 그녀의 손목을 낚아챘다. 입은 웃고 있지만 눈은 그렇지 않았다.

"마음으로만 불쌍히 여기는 건 불쌍히 여기는 게 아니야. 그냥 양심에 찔리는 거지. 아무도 그 아이를 불쌍히 여기지 않아. 너도 그 애를 불쌍히 여기지 않았고, 이제는 누구도 너를 불쌍히 여기지 않는 거잖아."

그의 새빨간 눈동자가 분노로 은은하게 타오르고 있었다. 왜일까, 입은 이렇듯 경쾌하게 웃고 있는데.

"동정이라는 건 말처럼 그렇게 값싼 게 아니야. 굶어 죽어 가는 거지를 불쌍히 여기며 굶어 죽게 방치하는 것과 먹다 남은 빵 한 조각 주는 것. 이 차이를 알겠어? 넌 그 아이를 보면서 그냥 자기 연민에 빠졌을 뿐이야. 불쌍하네, 저 아이를 불쌍히 여기니 나는 가해자 놈들보다는 착하구나, 하면서."

"……아니, 난……."

변명할 수가 없었다. 변명할 말이 생각나지 않았다. 티스가 말했다.

"그래서 그 화살이 네게 돌아온 거야. 네가 딱히 다른 아이들보다 더 나빠서 그런 것도 아니고, 똑같이 방치했으니까. 그냥 운이 나쁜 거지."

아프다. 이 남자는 뭐랄까, 아프다. 분명 도움을 주고 달콤한 말을 건네지만 그 이상으로 날카로운 말로 심장을 후비기도 한다. 맛으로 치면 매운 맛. 먹으면 괴롭고, 혀가 얼얼한데 그런데도 잊을 수가 없는 그런 맛.

"그래도 다행이지. 우리 샨을 만났으니까."

"그 샨 때문에……."

"아니, 아니야. 너는 운이 나빴을 뿐이라니까? 샨이 없었어도 과연 네 차례가 오지 않았을까? 그걸 누가 장담하는데."

라이나는 끝내 그의 말에 반박하지 못한다. 티스는 송곳니를 세운다. 불길한 웃음이다.

"너는 운이 좋은 거야. 내가 도와주니까."

"왜 그렇게까지 해 주는데?"

티스가 대답했다.

"네가 예쁘니까?"

"거짓말, 얼굴만으로 도와줄 거였다면 나보다 예쁜 애들이 네 곁에는 더 많았잖아."

"제법 행간을 읽을 줄 아는걸. 좋아. 그러면 뭉뚱그려서 대답할게."

그가 손목을 잡아끈다. 그의 입술이 귓불을 적신다. 숨결이 연골을 녹이며 고막 속을 파고들었다.

'나도 율케스랑 똑같거든.'

그 말뜻을 당시에 라이나는 이해할 수 없었다.

14.

아카데미는 폐쇄된 곳이다. 제아무리 영지에서 사람들을 호령하고 사교계에서 난다 긴다 하더라도, 결국 이곳에 들어오게 되면 귀족이라는 특성보다는 학생이라는 특성이 도드라질 수밖에 없다.

누군가를 호령하고 싶어도 넬 같은 장학생을 제외하고는 기본적으로 이미 모두가 귀족 사회에 속한 이들이고, 드레스를 입으며 매일매일 치장하고 싶어도 치장해 줄 시종이 없다.

요리나 세탁, 무거운 짐을 운반하는 정도의 시중 외에는 모든 걸 혼자서 해야만 한다.

물론 이 정도만 돼도 평민들에게는 천국이지만 날 때부터 손가락 하나로 사람을 부려 온 족속들에게는 지옥과도 같은 환경이다.

다행스럽게도 어린아이의 자아란 어른의 것보다는 말랑말랑하다.

그렇게 학생이라는 애매한 굴레 속에 자신을 집어넣게 되는데, 그러고 나면 평소 영지에서는 결코 보이지 않을 그런 행동들을 보이게 된다.

샨은 작게 한숨을 쉬었다.

"그래서 나보고 도와 달라고?"

티스가 샨의 양어깨를 붙잡았다.

"우리 함께 왕따 퇴치에 동참하지 않겠나?"

샨이 날카롭게 응수했다.

"넬 도와줄 때 절교까지 각오하라던 사람 어디 가고."

역시 옛날 생각을 하면 안 된다. 티스는 다시 한 번 반격한다.

"다른 사람의 고통이라면 눈을 반짝반짝 빛내며 '이건, 옳지 않아! 나는 돕겠어!' 하던 사람 어디 가고?"

"흐음."

샨은 눈을 가늘게 뜬다. 샨의 성격은 예전과 똑같다. 불의를 보면 남을 도와주려고 하고, 옳지 않은 일은 고치려고 한다. 그러나 그 방법론에는 차이가 있다.

옛날이라면 무조건 정면 돌파를 했지만 이제는 제법 돌아갈 줄도 안다.

무엇보다 그의 친우는 이기심의 결정체 같은 인간 아니던가. 자기 울타리 외의 사람에게 오지랖을 떨 정도로 착한 인간이 아니다.

"대체 뭐가 목적인데?"

티스가 검지를 들고 귀엽게 애교 부린다.

"왕따 척살?"

샨이 티스의 입을 양손으로 잡아 늘였다.

"그 말을 하는 게 요 이기적인 입이라 이거지."

그러나 샨은 도울 거다. 도울 수밖에 없다. 아무리 티스를 만나고 율케스를 만나고 이 세상의 더러움을 보며 그 이기심에 상처 입었다 하더라도 샨이 샨임이 변하지 않기에.

"알았어. 도울게. 거기다가 라이나에게는 책도 빌렸으니까. 내가 뭘 도와주면 돼?"

티스가 웃었다.

"정말 도와줄 거지?"

"응. 뭘 도와주면 되는데?"

"진짜진짜 도와줄 거지?"

"도와준다니까?"

"맹세하는 거지?"

샨이 기가 막혀 웃었다.

"대체 뭐기에 맹세까지 하는 건데."

"일단 맹세해 봐. 설명은 그 다음이다. 안 그러면 안 가르쳐 줘. 너는 안 껴 줄 거야."

기가 막힌다. 오히려 아쉬운 쪽은 그쪽이 아닌가. 샨은 대수롭지 않게 손을 들고 맹세했다. 물론 '도울 수 있는 선에서', 그리고 '현실적으로 가능한 선에서'라는 말을 덧붙이는 걸 잊지 않았다.

물론 그의 친우는 그 맹세를 한 톨도 어기지 않는 제안을 했고, 샨은 정신을 놓았다.

"너 미쳤어어어어―!"

물론 맹세는 지켜졌다.

15.

가장 힘들었던 건 티파티를 여는 것, 그 자체였다. 과연 이 정도 규모의 티파티를 그 울프 패거리만 쏙 빼놓고 열 수 있냐는 거다. 그것도 외부인이.

기숙사 사감 교수님이 말했다.

"우리 자기가 해 달라면 해 줘야지."

사귀었던 거냐! 아니, 그 전에 나이 차가 몇인데? 교수와 학생이 교제하는 게 용서될 거라고 생각하는 건가?

그녀는 티스의 턱을 손가락으로 쓸었다.

"그 대신이라고 하긴 뭣하지만, 우리 티스 학생이 오늘 밤에도 내게 A를 받을 수 있을지 궁금한데. 호호호."

밤이라니! 대체 여교수님과 제자가 밤에 단둘이 하는 수업이 뭐가 있단 말인가!

샨이 불타는 눈으로 티스를 노려보았다. 티스는 샨의 눈치를 보며 어색하게 교수님의 손가락을 치웠다.

"제가 언제 실망시키는 걸 본 적 있습니까. 늘 뵙는 곳에서 뵙죠."

그러고는 교수님의 손등에 입술을 쪽 소리 나게 맞추었다. 다른 사람이 했다면 손가락이 오그라들었을 텐데 그가 하니 묘한 에로스까지 느껴졌다. 그랬다. 애초부터 무슨 짓을 하든 당사자가 하늘을 우러러 한 치의 부끄러움 없이 행하게 되면 타인도 부끄러움을 느낄 수가 없는 법.

천 번의 연습과 만 번의 실전 속에서 그는 백전연마 했다.

라이나가 말했다.

"교수님만으로는 힘들 텐데? 물론 영향력이 강하신 건 맞지만 이 시기에 티파티면 주변 반감도 크잖아."

티스는 대답도 없이 학생회장과 그의 임원들을 만나러 갔다.

"어머, 자기 왔어!"

"꺄아아아! 자기다! 지난번에는 왜 입구에서 모른 척 왔다 간 거야!"

"어머, 샤도 데려온 거야? 이제는 안 숨겨도 돼?"

샤은 생각했다.

티스는 과연 이 중에서 몇 명과 부적절한 관계를 맺은 걸까. 아니, 그 전에 그동안 학생부에 걸려서 귀 잡혀 끌려간 일들은 그저 빙산의 일각에 불과했던가. 이미 다른 타워 학생부들은 그의 노예가 된 것인가 하고.

그때 어딘가 낯익다 싶은 소녀가 샤의 볼을 쿡 찔렀다.

"미안해. 지난번에 기숙사 방에서 말이야. 분위기에 취해 있느라 그랬어. 그때 많이 싸웠다며?"

그랬다. 그때 너무 화가 나서 크롬의 기숙사에서 한동안…이 아니라.

"…네……네에? 네에에에?!"

"호호호, 미안. 우리 자기가 평소에는 정~말 뒤처리 잘 하는데 지난번에는 크게 걸렸지 뭐야. 나도 미안해서 뭔가 사과를 하고 싶었는데에~ 비밀로 하고 노는 거니까, 우리들."

티스가 당황하며 그녀들을 말렸다.

"자, 잠깐만요. 누님! 샨은 아직 거기까진 모르……."

샨은 웃었다.

"하, 하하…… 하하…… 하하하……."

소년의 등 뒤로 블리자드가 몰아쳤다.

사람이 어떠한 일을 10,000시간 정도 하면 대가의 길에 이른다고 한다. 그중에서도 특출 난 재능이 있는 자라면 그 시간이 좀 더 당겨지기도 한다.

티스는 그야말로 공부 빼고는 뭐든지 천재인 놈이다. 그놈이 먹는 시간, 자는 시간 줄여서 한 가지 일에 매진했을 때 어떠한 위업을 이루는지 두 눈으로 목격했다.

됐다. 필요 없다. 이놈의 세상, 믿을 놈 따위 하나 없다. 샨은 정신을 놓았다.

"티스, 내가 연애는 한 번도 해 본 적 없지만, 너 그러다가 칼 맞아 죽어!"

"이미 칼 많이 맞았어."

"……."

그러하였다. 그의 친우는 이미 숱하게 많은 여인네들에게 칼빵을 맞고, 또 맞고, 한없이 맞아 왔다.

"암살자들이었잖아!"

"아닌 애들도 있었어. 아주 가아끔, 가끔, 이따금씩?"

이 미친놈아!

친우의 실체를 어렴풋이나마 짐작은 했지만 이 정도일 줄은 몰랐다. 아니, 나비는 바다의 깊이를 모른다. 평생 연애는커녕 짝사랑도 해 본 적 없는 샨으로서는 이 상황을 제대로 파악할 능력이 없다.

티스는 자랑스럽게 말했다.

"괜찮아! 나도 이제 새로운 경지를 깨달아서 요즘은 칼 안 맞아."

"그린 타워 학생회의 공동 애인 같은 거?"

"그렇지☆"

샨은 파랗게 질린 얼굴로 한 글자씩 또박또박 발음했다.

"티스, 난 지금 이 세계의 운명에 대해 고민하고 있느라 너의 부도덕하고 파탄적인 연애관 따위 신경 쓸 여유가 없어."

"와하하하, 신경 안 써도 돼. 나 이제 진짜 괜찮다니까? 깔끔해."

샨은 진심을 담아 티스의 멱살을 움켜쥐었다.

"내가 세계의 운명을 걸고 결전을 벌이는 날, 니가 어딘가에서 칼 맞고 내장을 토하면 어떻게 해."

"야, 솔직히 그런 드라마틱한 상황이 일어나겠냐?"

"……내 불운에 대고 말해 보시지. 티스 이타카르 디와처 헤이스팅스 씨."

한순간, 샨의 뒤에서 에론의 잔상이 보였다.

샨의 작은 체구에서 에론의 살기를 느꼈다. 티스는 목울대로 침을 꿀꺽 삼켰다.

분명 검술 실력도 아직은 이류, 체구도 작고, 얼굴도 만만하게 예쁜데도 가끔은 샨이 무섭다. 표정 하나 없이 티스를 올려다보는 검은자위가 스산하다. 멱살을 꽉 쥐고 있는 감귤만 한 손이 어쩐지 두렵다.

티스는 저도 모르게 말을 더듬었다.

"미, 미안하다."

"미안해하지 말고 칼 맞기 전에 어떻게든 정리를 해 봐!"

"지금 다 정리하면 확실한 확률로 칼 맞을 텐데? 아, 그래도 그린 타워의 공동 애인은 괜찮을 거다."

"그건 그쪽 학생회 애들이 맛이 간 거고! 아니, 너도 맛이 갔지만 걔들도 같은…… 아니다."

샨은 생각하기를 포기했다.

"그만둬! 그냥 다 그만두라고! 여자 따위 안 사귀면 되잖아!"

그것은 아직 첫사랑조차 해 보지 않은, 그야말로 정신적 고자만이 할 수 있는 발언이었다. 정신적 고자인 샨을 바라보며 티스는 생각했다.

'샨 앞에서는 자제해야겠다.'

그의 이름은 티스 이타카르, 포기를 모르는 남자다.

16.

준비는 여기까지.

라이나는 티스의 에스코트를 받으며 걸어가고 있다. 여

자가 무엇을 좋아하는지 알고, 그 여자의 기분을 늘 맞춰 주며, 곁에 있는 것만으로 심장이 떨리는 미청년이지만 그래도 그의 애인들을 본 이상 연애 감정은 제로다.

그 전에 라이나 같은 순정파인 소녀는 율케스만으로도 충분히 벅차다. 언감생심 티스에게 그런 감정 갖게 되었다가, 정신 차려 보니 그의 배에 칼을 꽂고 있더라……란 이야기가 남 일이 아니게 된다.

남자에게 면역 없이 곱게 자란 아가씨들이 정략결혼해서 남편 몰래 내연남이 생기고, 나중에는 그놈도 죽이고 자기도 죽거나, 그놈만 죽이고 본인은 새로운 사랑을 찾으러 헤매는 일이 드물지가 않다.

연애를 해 본 적 없다는 건 실연도 해 본 적 없다는 것.

그렇다는 건 아픔에 대한 면역도 없다는 거다.

'살아 있는 게 용하네, 이 사람.'

아카데미에서는 비단 마법뿐만 아니라 검술도 연마하지 않던가. 아카데미에 다니며 정상적인 교육 과정을 연수한다는 것 자체가 이미 인간 병기라는 의미다.

라이나는 흘깃 카라스 울프를 바라본다.

자신이 누구인지 이제야 눈치챘는지 그녀의 눈에 당혹과 분노가 함께 차오른다.

그녀는 홀 가운데로 온다. 이 다음은 티스가 가르쳐 준 대로만 하면 된다. 수없이 연습하지 않았나. 여기서 실수하고 싶지 않았다.

“모두 감사드립니다. 이런 늦은 시간에 블루 타워와 교류회를 하게 되어 기쁩니다. 오늘은 특별한 게스트가 견학을 오게 되었는데요. 이리로 와 주시겠습니까?”

정원 끝에서 기다렸다는 듯 자박자박 발걸음 소리가 울린다.

율케스의 옆에서 그의 에스코트를 받으며 흑단 같은 머리칼을 지닌 소녀가 걸어 나왔다.

샤이린, 그녀였다.

그녀는 떨리는―실상은 분노를 억누르는―목소리로 말했다.

“초대해 주신 그린 타워 분들 모두 감사합니다.”

작게 웃음소리가 들렸다. 그러나 이건 비웃음 같은 조롱의 의미에서 나오는 웃음이 아니었다. 순수하게 즐거움을 참느라 나오는 웃음소리다.

샤의 이마에 힘줄이 도드라진다.

샤은 새빨개진 얼굴로 드레스를 꽉 움켜쥐었다. 카라스울프가 몸을 일으킨다.

"아니, 왜 샤인 알테리온 군이 여장을 하고 온 거죠? 설마 이번에도 샤이린 양이라고 우길 생각인가요?"

티스가 말했다.

"네? 여장이라니요. 이분은 샤인 알테리온의 사촌 동생인 샤이린 알테리온 영애입니다. 일전에도 저희 학교 행사를 돕고자 몇 번 왔었는데요? 자신의 무식을 그렇게 당당하게 자랑할 필요는 없지 않습니까, 울프 영애."

서류상으로 그렇게 써 놓긴 했다. 물론 그건 책임을 회피하고자 하는 블루 타워 학생부의 '눈 가리고 아웅'이었지만. 라이나가 말했다.

"설마 모르시나요? 크롬 마이어하트 군께서도 열렬히 구애 중이시잖아요."

그 말에 카라스가 이성을 잃는다.

"웃기지 마!"

한순간, 본인이 반말을 했다는 사실을 깨닫고 급히 말을 정정한다.

"호호호, 장난치지 마십시오. 크롬 군은 이런 여장 남창 따위 보지 않습니다."

그러나 본인 말투가 격해졌다는 사실은 깨닫지 못한다. 분노로 그녀의 손톱이 바르르 떨린다. 사랑 때문에 이렇게 추해지기도 하는 거구나. 한 번도 누군가를 사랑해 본 적 없는 샨은 생각한다.

티스는 비릿하게 웃었다.

가끔 착각하는 경우가 있다. 권력이 인기라고 믿는 족속들.

권력이 있으니 다른 이에게 더 많이 사랑받으리라 생각하는 타입. 인기는 높아질수록 좋아하는 이가 늘지만, 권력은 높아질수록 두려워하는 이들이 많아진다.

'뭐, 이미 기둥들은 전부 빼 버렸고 중심축을 조금만 흔들면.'

티스가 말했다.

"여장 남창이라니 너무 심한 말이네요, 카라스 양. 아니면 남자인 샤인 알테리온 군보다도 못난 스스로의 얼굴이 부끄럽기라도 한 건가요?"

정곡.

그녀의 손이 높게 올라간다. 역시 진실은 그 어떤 조롱보다도 사람을 미치게 만든다. 손에 마력까지 담겨 있는 걸 보니 제대로 화가 난 모양이다. 아무리 막돼먹은 계집이라곤 하나 진지하게 주먹질을 할 수는 없는 노릇.

티스는 그냥 맞아 주기로 했다. 나중에 샨이 치료해 주겠지, 뭐.

짜악—!

정적이 울렸다. 고통은 없었다. 눈을 뜨니 샨이 앞을 막아서고 있었다. 입술을 제대로 긁어 놨는지 피가 뚝뚝 떨어진다. 샨은 손등으로 피를 쓱 닦았다.

"……."

단순히 조롱으로 시작한 일이었다. 그러나 정적의 무게가 달랐다. 자리에 있는 그 누구도 한 마디도 내뱉지 못하고 둘을 지켜보았다.

그녀는 분에 못 이겨 소리 질렀다.

"이런 개…… 개만도 못한 남창 새끼가!"

샨이 대답했다.

"못생긴 게."

이 말은 티스조차 상상도 못 한 말이었다. 아마 샨이 할 수 있는 최고의 욕 중 하나이리라. 그녀가 시뻘게져서 고함을 지른다. 샨이 뒤를 돌아본다.

"이제 됐어? 만족해?"

티스는 그만 웃음을 터뜨리고 말았다.

"조금만, 조금만 기다려."

대체 얼마나 더 기다리라는 걸까. 그녀가 두 번째 따귀를 때릴 준비를 한다. 이 이상은 맞아 줄 수 없기에 샨은 양손에 하나씩 그녀의 팔을 꽉 붙잡는다.

"율케스, 제발 가만히 있어 줘. 네가 나서면 정학으로 안 끝나."

그러고 보니 율케스가 이미 반쯤 칼을 뽑아 들고 있었다. 다행히 율케스의 견제 아닌 견제가 통했는지 그녀의 패거리들이 겁을 먹고 다가오질 못하고 있다.

그러거나 말거나 그녀는 분노에 미쳐서 날뛰려 하고 있었고 샨은 그녀의 팔을 양손에 붙잡고 소리 질렀다.

"대체 얼마나 기다려야 하는데!"

티스가 배를 잡고 깔깔깔 웃음을 터뜨린다.

"조금만 더 기다려 봐."

그녀가 샨에게 차마 입에 담기 힘들 만큼 더러운 욕을 퍼부었다. 그 말에 샨이 응수했다.

"못생긴 게. 못생긴 게. 못생긴 게! 엄청 못생겨 가지고는!"

최고 수위의 욕을 연달아 내뱉다니. 샨도 그만큼 이 상황에 기가 질렸다는 증거. 그러나 다른 사람도 아니고 그 말을 하는 사람이 하필 샨이다. 그녀는 더 분노가 치밀어서 고함을 질렀다.

귀족 레이디들의 교양 있는 저녁 티파티는 한순간에 개판이 되었다.

얼마나 더 버텼을까. 이제 슬슬 티스의 부탁이고 나발이고 다 집어치울까 샨이 진지하게 고민할 무렵, 무언가가 날아왔다. 불꽃의 잔상이었다. 아니, 그건 사람의 잔상이었다.

빠아악!

크롬의 주먹에 카라스가 꾸에에엑 소리를 내며 10미터는 족히 날아갔다.

"괜찮소? 레이디 샤이린!"

샨이 티스를 노려보았다.

'기다리라는 게 이거였니?' 라는 눈으로.

17.

십 년을 전장에서 굴러먹은 프로 용병도 크롬의 주먹에 두들겨 맞으면 어디 하나 부러질 각오를 해야 한다. 그런데 이쪽은 칼보다 찻잔을 더 많이 쥔 레이디다. 아무리 마력을 익혔다곤 해도 본질은 변하지 않는다.

그 상황에서 갑자기 주먹이 날아 올 줄은 본인도 몰랐을뿐더러 그 분노한 주먹을 마력으로 보호하지도 못하고 얼굴에 정면으로 받았다.

칠공으로 피를 토하며 두개골이 함몰이 되는 게 당연했다.

"와, 그래도 죽이진 않았네."

이대로 에녹 교수님에게 공수되면 그럭저럭 살 수는 있을 거다. 예전 같은 모습으로 되살릴 수 있을지는 미지수지만.

첫날밤 소박맞은 새색시마냥 '꺄앗! 크롬 군! 저한테 어쩌면 이러실 수 있어요! 저보다 저런 여우 년이 더 좋은 거예요?' 라든가. '흑흑, 이건 오해예요. 이 모든 것은 저 간사한 년이 저를 음해한 거여요!' 같은 호소를 늘어놓는 고전적인 풍경은 이루어지지 않았다.

이미 주먹 한 방에 나가떨어져서 의식을 잃었으니까.

티스가 양 주먹을 불끈 쥐고 크으, 신음을 내뱉었다.

"화끈한데! 그래! 이 정도는 되어야 권선징악이지."

샤이 한숨을 포옥 내쉬었다.

"화끈은 무슨. 이게 정식 결투도 아니고, 만약 에녹 교수님 힘으로도 못 고치면 영지전까지 간다고."

크롬이 두 팔을 들고 마치 영웅 동상에서나 볼 법한 드라마틱한 자세를 취했다.

"걱정 마시오. 샤이린 양! 감히 우리 샤이린 양을 공격한 건 두 번 죽어 마땅한 죄!"

크롬의 말에 샨은 저도 모르게 샤이린의 말투로 말해 버렸다.

"아니, 그게 아니고……. 저 아이 잘못을 저 아이가 아니라 부모가 책임지는 거잖아요."

습관이란 게 이렇게 무섭다. 이렇게 된 이상 진실을 밝히면 되리라. 그러거나 말거나 티스가 말했다.

"딸자식 그렇게 키워서 다른 애들에게 평생의 상처를 입혀 놨는데 그 부모라고 죄가 없는 줄 아나? 세상이 그렇게 쉬운 게 아니란다, 애기야."

티스는 그녀가 뱉은 강냉이들을 주섬주섬 주웠다. 피 묻은 강냉이가 달빛에 새하얗게 빛났다. 개박살 난 티파티 속에서 그린 타워의 아가씨들은 하나둘 돌아갔다.

재미있는 구경했다며 소곤거리는 걸 보니 평소 그녀의 인심이 어떤지 알 법도 했다.

샨은 두 번 다시 샤이린의 말투를 내지 않도록 몹시 조심했다. 어차피 이참에 진실을 밝힐 거 아닌가.

"이거 징계감 아니야?"

티스가 대답했다.

"누구? 재? 누가 재를 징계 먹이는데? 그래, 뭐 먹이기야 하겠지. 기껏해야 근신 처분? 마이어하트 가문이 학교 재단에 한 해 얼마를 기부하는지는 아냐? ……와, 어금니가 이런 데 떨어져 있네."

세상은 불공평하다.

티스는 그런 샨을 흘끗 보다가 말했다.

"걔가 애들 그 짝으로 만들고 네 더러운 소문 만들면서도 멀쩡했던 이유가 뭐라고 생각해? 세상이 공평해서? 웃기지 마."

티스는 이빨을 가지런히 모아서 손으로 짤짤 흔들었다.

"이거 돌려주지 말아야지. 에녹 교수님이 분명히 없는 부위는 못 고친다고 했지?"

에녹 교수님이 다 고친다고 해도 평생 앞니와 어금니가 없는 채로 살아야 한다는 것인가.

"흐흐흐, 그 아가씨 감히 나보고 개만도 못한 남창 새끼라고 했어."

"그건 나한테 한 말인데……."

"그거나 그거나."

티스의 뒤끝은 하늘을 뚫었다. 아무래도 상관없겠지.

샨은 생각하길 포기했다. 티스는 라이나의 손 위에 카라스 울프의 치아를 소복하게 담아 줬다.

"자, 써. 원래 사냥꾼은 잡은 짐승의 뼈로 기념품을 만드는 거야."

그의 친우는 사람을 잡아 그 치아로 기념품을 만들라 하고 있었다. 라이나가 대답했다.

"나, 이걸로 목걸이 만들어야겠어."

그녀도 이미 티스균에 감염되었다.

그러나 저러나 사태를 파악 못 한 크롬만 열심히 레이디 샤이린 앞에서 껄떡였다.

"그대와 연락이 되지 않아 그동안 마음고생이 심했소. 알테리온가에 정식으로 청혼장을 보내고 싶었으나 내 아버지를 믿을 수 없구려."

샨이 대답했다.

"크롬. 내가 샨이야."

"괜찮소. 그 이야기는 이미 내 아버지에게 말해 두었소. 샨에게도 말했으니 구태여 거짓을 지어낼 필요 없소."

"못 믿네. 역시 웃통이라도 까야 알아보려나."

샨은 그렇게 말하며 드레스를 벗었다. 아래까지 벗을 거 없이 위의 단추만 뜯어서 벗어 주는 거다. 샨의 판판

한 가슴이 노출되기가 무섭게 라이나가 비명을 질렀다.

"꺄아아아악!"

크롬 역시 비명을 지르며 시선을 돌렸다.

"이게 무슨 짓이오! 레이디 샤이린! 대체 내 아버지가 그대에게 무슨 협박을 한 것이오!"

"크롬! 보라니까!"

크롬은 손으로 눈을 가린 채 샨을 외면했다.

"나를 다른 방탕아들과 똑같이 보면 오산이오! 나는 그대와 정식으로 결혼해서 초야를 치르는 그 날까지 그대의 명예를 지켜 줄 것이외다!"

"보라니까! 날 봐! 날 좀 보라고! 한 번만 봐 줘라! 한 번만!"

크롬은 시뻘게진 얼굴로 이쪽을 단 한 번도 보지 않았다. 티스가 말했다.

"내가 말했잖아. 저놈은 나도 벗겨 먹을 수 있을 거 같다고."

그러거나 말거나 샨은 오늘도 열심히 결백을 주장했다.

"크롬! 내가 샨이야! 내가 샨이라고오오오오!"

"레이디, 옷은 챙겨 입고 말하시오! 제발!"

"날! 한 번만 보라고오오!"

"왜 이러시는 거요, 샤이린! 굳이 알몸을 보여 주지 않아도 그대를 향한 내 마음은 변함이 없소! 어서 옷을 갖춰 입으시오! 어서!"

크롬, 그는 레이디의 명예를 지킬 줄 아는 시대의 풍운아였다.

18.

에녹 교수님의 투혼이 치료를 했다. 두개골도 피부도 완전히 치료했으나 카라스의 부정교합만큼은 막을 수가 없었다. 위쪽 턱과 아래 쪽 턱이 삐딱하게 맞물렸는데, 가만히 서 있어도 세상에 불만이 있는 것처럼 보였다. 거기다가 그녀의 이빨 역시 돌아오질 않았다.

"이거 줄게."

티스에게 이빨을 받은 라이나는 그걸 가장 최근의 피해자인 파르테에게 건네주었다. 그녀는 이걸 뜻대로 처분할 권리가 있었다. 가장 고통을 겪은 건 파르테니까.

수없는 시간 동안 인간이라는 존재 자체가 붕괴되었다. 평생 낫지 못할 상처를 가지고 살아야 한다. 그녀에게는 카라스 울프를 심판할 자격이 있었다.

파르테는 미친년처럼 한참을 웃었다. 그녀의 팔에는 미처 치료 못 한 화상 자국이 남아 있었다. 에녹 교수님에게 보일 수조차 없는 상처였다.

그녀가 그 이빨로 무슨 짓을 했는지는 모른다. 그러나 확실한 건 카라스가 치아를 되찾는 날은 평생 오지 않았다는 것.

이미 한 번 무너진 권위는 돌아오지 않는다.

카라스 일파는 완전히 찢어졌다. 그녀의 보좌관을 자처하던 일당들은 저마다 카라스 욕을 하고 다녔다. 본인들도 협박을 받아 어쩔 수 없이 그랬다느니, 어쩔 수 없는 상황이었다느니.

대놓고 카라스를 괴롭히지는 않았다. 그냥 피할 뿐이었다.

그럼에도 카라스, 그녀는 자퇴했다.

시간은 흘러간다. 상처와 증오와 분노와 그리고 약간의 쓴맛을 삼키며 강처럼 밀고 들어온다.

어느 날 오후, 샨과 티스, 율케스는 그린 타워 후원에 앉아서 피크닉을 즐겼다. 이미 다 까발려진 이상 거리낄

게 없었다. 티스가 만든 치킨 샌드위치를 세 사람이 하나씩 나눠 들었다.

"의외네, 애기야."

"뭐가?"

"네가 분명히 중간에 날 말릴 줄 알았어. 이쯤 되면 용서해 줘야 하지 않겠냐고 말할 줄 알았어."

샨은 샌드위치를 한 입 물었다.

토마토와 치킨의 조화가 끝내준다. 역시 취미 천재. 공부 빼고는 다 잘한다.

"다들 나를 착하다고 생각하더라고."

"너 착하잖아."

그 말에 샨이 어색하게 웃었다.

"분명 어릴 때는 그랬을지도 모르지. 하지만 지금은 착하다는 기준이 뭔지 모르겠어. 내가 만약 거기서 말렸다면 라이나는, 파르테는 구원이 되었을까? 어설프게 그만둔들 이 일은 해결이 되지 않았을 거야. 전부 제자리로 돌아가겠지."

"그래서?"

"모르겠어, 나도. 뭐가 옳고…… 뭐가 그른 건지. 에론 형을 위해 선을 한 번 넘은 그 후로는 더욱더 모르겠어.

그냥, 끊임없이 생각하고 또 생각하는 것 말고는 없더라고."

티스가 웃음을 터뜨렸다. 샨은 딸기 주스를 한입 삼켰다. 벌꿀과 얼음을 갈아서 넣었는데 뭔가 비장의 재료가 더 들어갔는지 보통 딸기보다 한층 뒷맛이 청량하다.

"왜 이 일에 낀 거야?"

"기분 나빠서 겸사겸사 조진 거지, 뭐."

"설마 내 욕 하고 다녔다고 그런 거야?"

티스가 웃음을 터뜨렸다.

"너 도끼병 있냐?"

그 말에 샨의 얼굴이 빨개졌다.

"아, 아니! 갑자기 왜 그랬나 했지."

"부정은 안 할게. 기분 나빴거든. 내 울타리에 있는 사람을 건드리는 게. 하지만 그거 하나 때문에 이렇게까지 한 건 아니야."

티스가 피크닉 바구니에서 무언가를 꺼낸다. 초록색 책이었다.

"애지중지 곱게 자란 외동딸이 이빨 몽창 다 털렸는데 어쩌겠냐? 솔직히 다른 이빨은 좀 포기하더라도, 앞니 두 개는 무슨 대가를 치러서든 받고 싶지 않겠어? 설령 그게 집에서 꽤 오랫동안 모셔 온 책을 아버지 허락 없이 몰래 갖다 바치는 거라고 해도 말이지."

고대어로 쓰여 있는 책이었다. 티스가 말했다.

"울프는 오래된 드루이드 가문 중의 하나야. 과거 에버그린 가문의 전승을 이었지."

샨이 눈을 가늘게 떴다.

"대체 그걸 어떻게 아는 거야?"

"샨, 너 혼자만 답을 찾아다녔다고 생각하지 마. 나 역시도 도서관도 다니고 교수님에게도 물어보고 그런다고? 특히 그린 타워의 육체파 교수님은 굉장히 나와 친분이 두터우시지."

통상적인 책에 나올 리 없는 지식이니 이건 100% 교수님의 힘이다.

샨은 어렵게 고대어를 해석했다.

신록의 서

무라시아 에버그린, 초대 하이엘프가 남겨 놓은 드루이드의 책.

이 세계의 구성과 원리에 대해 담겨 있는 저서였다. 티스가 말했다.

"이 책이 언제 만들어졌게?"

책 자체에 보존 마법이 걸려 있어 상태가 몹시 좋았다. 그러나 이 시대의 마법은 아니다. 샨이 되물었다.

"언젠데?"

"비밀."

티스가 개구쟁이 아이처럼 웃음을 터뜨렸다.

Chapter 4

신록의 서

1.

신록의 서

무라시아 에버그린은 고대, 즉 마도 시대에 이 세계에 살았던 하이엘프다. 그는 인간과 사랑에 빠져 아이를 낳고 그 자식의 성을 '에버그린'이라 지었으며, 본인 역시 스스로를 에버그린이라는 성으로 불렀다.

그가 자신의 자손들을 위해 쓴 책이 있는데, 그게 바로 '신록의 서'다. 원래는 대대로 에버그린 가문에 대물림되던 책이었으나, 현재 에버그린 가문은 방계인 울프 가문에 먹힌 상태다.

에버그린 가문과 울프 가문처럼 대자연을 느끼고 정령을 부리며 고대 신들과 대화하는 직업을 드루이드라고 부른다. 울프 가문은 에버그린 가문처럼 자연을 다루는 능력은 뛰어나지 않았으나 고대 신과 대화하는 능력이 탁월했다.

고대의 신 중에는 선한 존재도 있지만 악한 존재도 있다. 과거 자연재해를 막기 위해 포로의 심장을 끄집어내거나 부모가 자식의 머리를 도려내고 그 위에 검은 산양의 머리를 붙이는 등의 행위를 한 것은 모두 고대의 악신들을 기쁘게 하기 위해서였다.

제국은 그것들을 모두 사교(邪敎)로 지정했고, 그런 짓을 하는 자들을 사교도라 부르며 이단 심문관을 파견했다.

흑마법은 전쟁에 쓸모가 있다. 적은 예산으로 많은 적군들을 물리칠 수 있다. 한마디로 가성비가 좋다. 그러나 사교는 다르다. 일단 사교가 퍼지기 시작하면 광신도가 나타나며, 그 일대가 광기로 물든다. 그렇다고 전쟁에 도움이 되느냐 하면 그것도 아니다.

사교의 의식을 하기 위해 동원되는 인력도 인력이거니와 사교의 신들은 적들의 피뿐만 아니라 아군의 피까지

원하기 때문에 결국 피아 모두 희생이 막심하다.

제국 국교의 근간을 흔들 뿐만 아니라 가성비도 더러운 사교를 제국에서 용납할 리가 없었다.

울프 가문이 에버그린 가문을 흡수했다지만 거기까지다. 계속해서 악신을 불렀다가는 제국에서도 강경하게 대응할 수밖에 없다. 종교재판에 들어가는 순간 아무리 잘 풀려도 화형이다. 그저 3대를 화형시킬 것인가 7대를 화형시킬 것인가의 차이다.

울프 가문은 고대 신들과의 교류를 끊을 수밖에 없었고, 퇴보에 퇴보를 거듭했다. 나중에는 드루이드와는 전혀 상관없는 무역을 기반으로 삼기 시작했다.

그나마 신록의 서에 남아 있는 지식 덕분에 바람이나 구름 등을 읽고 날씨를 조종하는 능력 정도는 사용할 수 있었으니까.

"그 책이 우리 손에 들어온 거지? 분명히 그쪽 집안에서 되찾으려고 무슨 짓이든 할 것 같은데."

티스가 말했다.

"어차피 사본 수십 권은 만들어 놨을걸? 그렇게 귀한 책 원본을 무방비하게 딸에게 맡길 리가 없잖아."

당연히 그 안에 든 지식들은 따로 베껴 놨겠지만 원본

이 상징하는 바도 있지 않나. 티스가 덧붙여 말했다.

"그리고 걔는 분명히 잃어버렸다고 말할걸. 미쳤다고 앓니 두 개랑 바꿨다고 말하겠냐."

"만약 솔직하게 말하면?"

"그래도 두 달은 끄떡없어. 그동안 베끼면 돼. 어차피 우리도 이 책의 지식만 알면 되잖아?"

내키진 않지만 정론이다. 샨은 고개를 끄덕였다.

문제는 이 안에 든 고대어다. 장담은 할 수 없어도 가능한 부분까지는 전부 번역해 볼 생각이다.

2.

방학을 앞두고 마침내 학기말 시험이 시작됐다.

아카데미는 마지막까지 에론 교수님의 대타를 찾지 못했다. 학생이야 아무에게나 배우면 된다지만 교수 입장에서는 달랐다. 에론 알테리온의 후임이다. 병법의 천재인 그의 뒤를 잇는다는 건 교수 입장에서도 상당한 부담을 요하는 일이었다.

스케줄 때문에, 또는 연구가 부족해서, 보수가 맞지 않아서.

각자 서로 다른 이유로 거절에 거절을 거듭했다.

결국 진도는 거기서 정지. 교과서 중심의 자습. 시험은 에론 알테리온 교수님이 가르쳤던 진도 범위 내에서 출제. 이게 전부다. 율케스가 말했다.

"외우면 되는 건가?"

출제는 둘째 치고 채점도 문제다. 군사학이라는 시험 자체가 객관식이 아닌 주관식 논술형이 주를 이룬다. 특정 상황에서 어떤 묘책으로 난관을 돌파하며 그에 따른 예산 측정은 어떻게 되는지, 학생들이 아무리 상세하게 적은들 그걸 판단할 눈이 없으면 제대로 점수를 줄 수 없다.

그 질문에 학년 교수님이 답했다.

"사표는 수리되었지만 문제 출제와 채점은 수도에 있는 에론 알테리온 교수님께서 한다."

이 부분은 확실히 책임지고 나가는 모양이다.

샨은 왠지 뒷맛이 씁쓸했다.

'손가락…… 붙였을까.'

아무리 보존 마법이 걸렸다고 한들 이 이상 지체되면 위험하다.

시간이 지날수록 의문은 확신으로 변해 갔다. 아마 그

새끼손가락을 자른 건 에론 형 본인이리라. 왜 하필 손가락을, 그것도 새끼손가락을 잘라 준 건지 알 수 없었다.

검사에게 손의 하자는 치명적이다.

차라리 귀를 잘라 주는 편이 나았으리라.

'아니, 하다못해 머리카락을 조금 잘라 주기만 해도 나는 갔겠지.'

불과 얼마 전까지만 해도 손에 닿는 곳에 있던 사람이다. 쿠키를 구워 줬던 사람이다. 그를 위해서는 목숨마저 얼마든지 바칠 수 있었다. 목숨보다 더한 것도 바칠 각오가 되어 있었다.

'그러나 지금은 남보다도 멀게 느껴져.'

시험지가 물결치며 뒤에서부터 넘어온다.

커닝했을 시에 모든 점수는 무효 처리 되며 두 번 이상 누적되었을 경우 퇴학 처분된다는 교수님의 말이 강당을 울린다.

샨은 시험지를 받았다.

3천 명의 병사로 공성을 해야 한다. 군량은 일주일분이 있으며, 보급 부대는 보름 후에 도착한다고 한다. 아래와 같은 지형일 때 가장 효율

적인 전략을 논술하라.

시험지에는 등고선이 곁들여진 지도가 인쇄되어 있다. 삼각형으로 병력 포진을 나타냈고, 주변의 첨탑이나 강, 밀밭 등의 지형지물이 각각 자세히 표시되어 있다. 샤은 깃펜을 떨어뜨릴 뻔했다.

'우리야 흔한 일이지. 그놈의 전략에 필요하다고 늦 여름에 물길을 막아 버리더라고. 밀이 다 썩어 죽었지. 성이 물에 잠겨서 점령은 쉽게 한 모양인데 우리 가족은 다 굶었어. 나중에 엄마가 내 남동생 솥에 넣고 삶았잖냐. 이야, 맛이 얼마나 끔찍했는지.'

일전에 에론 형을 죽이기 위해 왔던 기사가 한 이야기였다. 그 성의 이야기였다. 그리고 그 성이 지금 이 시험지 안에 담겨 있었다.

에론 형은 이렇게 묻고 있었다.

'샤, 너라면 어떻게 하겠니.'

점령하지 못하면 3천 명의 아군이 죽는다. 그러나 점령을 하게 되면 만 명이 넘는 농민들이 굶어 죽어야 한다.

병법이란 대를 위해 소를 희생해야 하는 게 기본이다.

그렇다면 여기서 '소'란 무엇일까?

3천 명의 아군? 만 명이 넘는 무고한 농민?

"시험 시작."

그 말과 동시에 백여 개의 펜촉이 종이를 가파르게 긁었다. 그러나 샨의 펜대만큼은 무겁게 그 자리를 지켰다.

어떻게든 생각하고 또 생각했다.

답을 끌어내고 또 끌어냈다. 정답은 알고 있었다. 그러나 그걸 쓸 수는 없었다. 에론 형과 똑같은 답을 내릴 수는 없었다.

마지막 종이를 걷는 시간까지 다 짜내서 썼다. 이게 현실적인 답안인지, 아니면 적의 계략에 패퇴할 답안인지 알 수 없었다. 그저 형과는 다른 길을 가기 위해 필사적일 뿐.

길고 길었던 시험이 하나둘 끝나기 시작했다. 샨은 티스와 율케스의 답안지를 점검해 나갔다. 학기말 시험은 논술 형식이 많다 보니 정해진 답이 있는 게 아니어서 정확하게 점수를 측정하긴 어렵다. 샨이 말했다.

"그래도 생각보다 잘 나왔네."

티스가 책상에 엎드렸다.

"그때 받아 온 기초 개론서 도움이 컸다."

라이나에게 받은 책은 내용이 간결하면서도 명료해 기초부터 다지기에 좋았다. 그 일이 마무리된 후, 라이나는 감사의 의미로 자기가 가지고 있는 기초 학습서를 전부 샨에게 주었다. 개중에는 서점에서는 구할 수 없는 책들도 많았다.

아무리 벼락치기를 한다고 해도 기초가 아예 없으면 불가능하다. 그나마 무슨 소릴 하는지 이해가 되는 수준까지는 도달해야 본문을 외우든 뭘 하든 하지 않겠나.

"다행스러운 점은 티스 네가 이해력이 나쁘지 않다는 거지."

나쁘지 않은 정도가 아니라 꽤 뛰어나다. 그동안 너무너무너무너무너무 공부를 안 해서 문제지. 샨은 티스를 따라 책상에 엎드린다.

"이번 시험으로 유급만은 어떻게든 피해야 할 텐데."

샨과 티스는 책상에 뺨을 붙이고는 의욕 없이 서로를 한참이나 바라본다. 율케스가 책장을 넘기는 소리가 울린다. 생각해 보면 가장 놀라운 건 율케스다.

점검해 봤더니 의외로 율케스의 기초 실력이 나쁘지 않았다. 생활 패턴이 바뀐 덕분인지 제법 수업에도 참여하는 모양이다. 물론 그 수업 참여라는 게 수면 학습이 대부분이지만.

티스가 말했다.

"율케스, 치사하게 혼자만 공부하고. 친구는 살아도 같이 살고, 죽어도 같이 죽고, 퇴학도 같이 당하고, 유급도 같이 하는 거야."

그 말에 율케스가 대답했다.

"그래? 그러면 절교하도록 하지."

"야! 치사하게!"

둘은 서로를 붙잡고 한참이나 옥신각신한다. 그러거나 말거나 샨은 여전히 책상에 뺨을 붙이고 있다. 아무것도 하고 싶지 않다. 시험 기간 동안 자기 성적 하나 챙기는 것도 힘들어 죽겠는데 두 친구들 몫까지 챙기려니 죽을 것 같았다. 이제는 숨 쉬는 것도 귀찮다.

"그러고 보니 샨, 너는 이번 시험은 거의 다 만점이네."

"응, 그렇더라."

"설마 네가 학년 석차 1위 하는 거 아니야?"

샨이 대답했다.

"나 출석 빼먹은 게 있어서 무리일걸. 그리고 넬이나 크롬이 워낙 점수를 잘 따서……."

"넬은 그렇다 치고, 크롬 그 새끼는 생긴 건 양아치면서 공부는 또 죽어라 해요."

바람이 불자 흰 꽃잎이 눈처럼 떨어진다. 달콤하고 시원한 감각에 샨은 눈을 감았다.

"크롬 저래 보여도 지는 거 싫어하니까. 마이어하트 가문을 이끄는 자는 모든 면에서 완벽해야 한다고 생각하더라고. 그게 정치든, 업무든, 공부든 간에."

"그러면서 눈깔은 왜 그런데?"

나른하게 졸리다. 샨은 하품을 뱉었다.

"그래서 신은 공평하다는 거겠지."

샨의 새카만 머리카락이 부풀어 올랐다. 꽃잎이 이불처럼 그를 덮었다. 흰 피부와 까만색 머리칼, 그리고 흰색에 가까운 창백한 분홍빛 꽃잎이 동양화의 미인도 같다.

미소년과 꽃이라. 참 좋은 조합이라고 티스는 생각한다.

율케스는 계속해서 책을 읽어 내려간다. 이번에는 참고서나 교과서가 아니라 로맨스 소설이다. 그것도 고전 로맨스.

"대체 뭐가 그리 재미있다는 건지."

남녀상열지사를 진하게 묘사한 에로소설이라면 모를까.

저런 소설은 기껏해야 사랑의 키스가 끝 아닌가. 그것도 책 마지막에나 한 번 정도 나오는 그런 이야기.

율케스가 말했다.

"반드시 해피엔딩인 쪽이 좋아. 죽는 사람도 없고."

"그래, 그래."

잠이 들었는지 샨의 숨소리가 점점 규칙적이 되어 간다.

요즘 내내 쉬지 않고 달렸더니 드디어 긴장이 풀린 모양이다. 샨의 머리카락이 입술에 닿자 티스는 머리카락을 쓸어 귀 뒤로 넘겨 주었다.

"이제 곧 방학이네."

율케스가 대답했다.

"응."

"너는 어떻게 할 거야?"

"기숙사에 있을 거다."

티스가 다시 물었다.

"그래? 식당이랑 세탁실 쪽 인부들은 전부 휴가 나갈 텐데?"

"귀찮아지는 건 어쩔 수 없지."

"그런가."

에론 알테리온이 떠난 이후, 곧바로 뭔가 굉장한 일을 저지를 거라고 생각했다. 당장 군대라도 몰고 와서 수색을 벌이고 공성전을 불사할 정도로 압력을 행사할 것만 같았다. 그러나 아무런 조짐도 없다.

황제 폐하께서는 이제는 정무조차 보지 않는다. 사실 어쩌면 황제는 이미 죽었고, 일부러 그걸 외부에 발표하지 않고 있는 건 아닐까 하는 생각이 들기도 한다.

적어도 류인 MK—2 황자가 준비를 끝낼 때까지는.

"밖은 태풍이 몰아치는데 여기는 늘 조용해."

티스의 말에 율케스가 대답했다.

"너는 끝까지 가만히 있는군. 원한다면 태풍의 눈이 될 수 있으면서도."

과연 척하면 척이다. 두 사람이 공유해 온 시간이 적지 않았기에 가능한 일.

티스는 쓴웃음을 삼킨다.

"죽은 배다른 큰 형이 말했지. 황권을 쥐라고. 나라면 유일하게 그를 대적할 수 있다고."

"그래서?"

"황제가 되고 싶진 않아."

"이미 경쟁자들은 지들끼리 죽고 죽이느라 몇 남지도

않은 데다가, 너는 힘을 아껴 놨을 텐데? 긴밀하게 추종하는 세력도, 그리고 자금도."

샨은 소중한 친구지만, 이렇게 샨이 잠들었기에 할 수 있는 대화도 있다.

티스는 잠든 샨의 머리카락을 만진다. 아기 고양이 털처럼 부드러운 주제에 검은 머리카락이 별을 품은 것처럼 반짝인다.

사내놈이 아름다워서 뭣 하느냐, 라고 말하지만 티스는 즐겁다. 남자든 여자든 상관없다. 예쁜 건 무조건 좋은 거다. 딱 까놓고 말해서, 애초에 반반한 얼굴 때문에 친구 삼아 준 거 아닌가.

율케스가 말했다.

"죽은 황자들을 지지하던 세력들은 어떻게든 다시 결집하고 싶어 하더군. 그 시선이 너를 향해 있는 것도 사실이고. 이대로라면 류인 황자가 왕관을 쓰는 순간 가차 없이 쓸려 나가겠지."

"……."

"그때는 너도 무사하진 못할 거다. 영원히 이 학교 안에 있을 수는 없을 테니까."

"그래. 내가 영원히 이곳에는 있을 수 없겠지."

시간이 느린 이곳에서 티스는 그냥 웃었다.

율케스가 물었다.

"너, 죽을 거냐?"

"예전이라면 그럴 생각이었는데 지금은 별로. 이 녀석이 하도 귀찮게 굴어서."

티스는 샤의 머리카락으로 장난을 쳤다. 율케스가 답했다.

"그 녀석은 나도 귀찮게 굴었지."

인생은 레일과 같다고 생각했다. 태어날 때부터 정해진 길이 있어서 그 길을 밟고 가다가 정해진 어떠한 의지에 따라 무언가를 이루고 잃게 되며, 끝내 언젠가는 죽게 되리라고. 단지 그게 사람마다 빠를 수도 늦을 수도 있다고 생각했다.

어떤 소년이 있었다. 얼굴이 잘난 것 외에는 아무것도 없는 소년이었다.

드래곤을 하나 키웠는데 그 드래곤이 소년을 버리면 이 소년도 불행에 치어 죽게 되리라고 생각했다. 삶이란 그랬다. 그렇게 흘러가리라고, 그렇게 사라지리라고 믿었다.

소년은 열차의 선로를 바꾸려고 안간힘을 썼다. 끝내 바꾸지 못하면 본인이 죽게 됨을 알면서도. 목숨 같은 건 안중에도 없다는 듯. 아니, 처음부터 자신이 죽지 않으리라는 걸 믿기라도 한 듯이.

선로를 바꾸었지만 소년에게 남는 건 하나도 없었다.

부를 얻은 것도 명예를 얻은 것도 아니었다. 두 친구가 영험한 힘이 있어서 소년의 그 독특한 체질을 고쳐 준 것도 아니었다. 남는 게 없기에 소년은 그걸 '우정'이라고 불렀다.

티스는 고양이처럼 기지개를 폈다.

"모르겠다, 나도. 어떻게 흘러갈려는지. 류인 황자가 이대로 집권하면 나를 살려 둘까 모르겠네. 보통 새로운 황제가 책봉되면 그 후에 다른 황자와 잔존 세력들은 전부 척살하는 게 미풍양속인데 말이지."

단순히 야망 때문만은 아니다. 살기 위해서는 적을 쳐야 한다.

황제는 강해야 했다. 강하고 냉정해야 했다. 강하고 냉정하고 잔혹해야 했다.

그게 이 제국이, 이 방대한 영토가 유지되는 이유였으니까.

"류인 황자가 황제가 되면 제국이 잘 유지될까?"

"걔는 황제는 이미 안중에도 없고 신이 되고 싶어 하

던데?"

둘의 눈빛이 허공에 얽힌다. 그러고는 동시에 말을 내뱉었다.

"내가 황제까지는 인정해 준다."

"딱 황제까지만."

3.

가채점 결과가 드디어 나왔다. 에녹 교수님은 블루 타워 기숙사 강단에 서서 말했다.

"이의 제기 기간은 오늘부터 일주일 후까지. 그 이후에는 수정이 불가능하다는 거 잊지 말도록. 특히 라온 교수의 성적표는 지금 확인해 보도록."

이번에도 라온 교수님의 성적이 가장 예측하기 힘든가 보다. 지난번에 어떤 기숙사에서는 라온 교수님이 실수로 성적을 한 명씩 뒤로 밀려서 잘못 주었다던데 난리도 아니었다.

차라리 답안지를 밀려 쓰는 게 낫지 성적을 밀려 쓰면 헬 게이트가 열린다.

이게 웬 횡재냐 싶은 애들과 라온 교수님에게 달려가 멱살을 잡으려는 애들이 나뉘어져서 개처럼 싸웠다. 그걸 중간에 중재한 게 에녹 교수님이다. 이번에도 뭔가 사고가 났는지 에녹 교수님의 눈 밑이 퀭하다.

"지금부터 이름을 호명한다."

한 명씩 한 명씩 성적표를 받아 가기 시작했다.

"단테스, 성적이 많이 올랐더군."

이름이 불리자 지젤은 식은땀을 흘리며 성적표를 받아 갔다.

"이번 시험은 크게 망했군. 페이스를 되찾도록 노력해라."

이렇게 말할 정도면 정말 제대로 망한 모양이다. 티스는 두 손을 모으고 기도했다.

"제발 유급은 하지 않게 해 주세요. 제발 유급은 아니라고 해 주세요. 제발……."

마침내 티스의 이름이 호명되었다.

"티스! 넌 이번 방학에도 보충수업이다."

"유급은요?"

"아슬아슬하게 살아남았다. 보충수업만 한다. 추가시험도 이번에는 없다."

"만세—!"

티스는 환희에 젖어 성적표를 받았다. 에녹 교수님은 그런 티스의 머리를 한 손으로 붙잡았다.

"보충수업 받는다는 말에 이렇게 기뻐할 줄은 몰랐다. 티스 이타카르 군."

커다란 손이 티스의 머리를 꽉 조인다. 강한 악력에 두개골이 울린다.

"아, 아하하. 아, 아닙니다. 교수님."

"그렇게 학구열이 높았다니 내 여태 몰랐어. 그럴 거면 보충수업도 받지 말았어야 하지 않나."

"서, 성은이 망극……!"

티스의 얼굴 새파랗게 질리자 그제야 교수님이 머리를 놔줬다.

"쯧, 받아 가라."

"아싸!"

"율케스, 네 녀석은 벌써 성적이 중위권까지 무난하게 올라갔군. 축하한다."

한 명씩 한 명씩 호명되다가 마침내 샨의 순서가 되었다.

"샨 알테리온."

샨은 떨리는 몸으로 걸어갔다. 에녹 교수님이 성적표를 건네준다.

"축하한다. 블루 타워 기숙사 수석이다. 전체 기숙사 집계 등수로는 2위, 즉 차석이군."

그 말에 모두의 눈이 커진다. 샨 자신도 믿을 수가 없는지 되물었다.

"차석이요?"

"그래. 수석은 타네로스 군이 차지했다."

잘못 들은 건가 한참을 고민한다. 차석, 차석이라니.

"저…… 출석 일수가 모자랐지 않나요?"

"그래. 출석 일수를 채웠다면 수석이 되었겠지. 크롬 군이 성적이 떨어진 게 컸다. 방심하지 말도록."

말도 안 된다. 이런 점수를 받을 리가 없었다. 샨은 성적표를 훑어보았다. 에론 형이 맡고 있는 군사학 점수가 만점이었다.

"이거, 혹시 에론 교수님이 봐준 거……."

"성적에 이의가 있다면 해당 교수님께 연락해라. 그러면 이상!"

아이들의 찬탄과 질투 속에서 그렇게 황망하게 방학이 시작됐다.

4.

차석이다. 성적이 그야말로 어마어마하게 오른 셈. 샨은 멍하니 성적표를 바라보았다.

"에론 형이 점수를 후하게 준 거 같아. 군사학 만점자가 나 말고 크롬이랑 또 모르는 사람 두 명 해서 총 네 명이라고 했지?"

티스가 대답했다.

"그렇다고 듣기야 했는데 어쩔 거야? 이상하다고 항의문이라도 보낼 거야?"

그것도 그거대로 문제다. 샨이 한숨을 포옥 내쉬었다.

"에론 형에게는 가급적 연락하고 싶지 않아."

"적한테 편지 보내기 싫다는 거야?"

과격한 표현이다. 하지만 부정하고 싶지도 않다. 샨은 그냥 쓴웃음을 지었다. 티스가 샨의 뺨을 쿡 찔렀다.

"애기가 그냥 받아. 네 답안이 합당해서 준 점수일 수도 있고. 그리고 뭐, 있는 점수 깎아 달라고 사정이라도 할 거야? 그것도 우스운 일이잖아."

그건 그렇다. 샨은 결국 그럴 마음을 접었다. 크롬이 왜 성적이 떨어졌는지는 모르겠지만 어쨌든 좋은 일은 좋은 일 아니던가.

장학금도 받았으니 집의 부담도 덜었다. 이걸로 기뻐하면 될 일.

"그래도 아버지랑 형들에게 편지……라도 써야겠지?"

샨은 양피지를 집어 들었다. 이번 방학에는 집으로 돌아가지 못할 거라는 말도 덧붙였다.

5.

방학식이 끝나고 아이들이 하나둘, 짐을 싸서 돌아갔다. 샨과 티스, 율케스는 간단한 식재료들과 주방 열쇠를 받았다. 지금부터는 빨래도, 청소도, 식사도 스스로 준비해야 한다.

빈 교정에 바람이 울렸다. 한낮임에도 텅 빈 건물은 어쩐지 무서웠다.

"학교 괴담이 이렇게 만들어지는 거 아니겠어?"

티스가 말했다.

"넌 이 상황에서 그동안 계속 보충수업을 받았던 거야?"

샨의 말에 티스가 대답했다.

“보충수업이 편하면 누가 그걸 무서워하겠냐. 거기다가 보충수업하는 학생 몇 명 때문에 계속 사람을 고용할 수는 없는 노릇이니까.”

방학 동안은 최소한의 인력을 빼고는 전부 내보낸다. 샨이 물었다.

“그런데 식료품 너무 많이 사는 거 아니야? 아무리 보존 마법을 걸어 놨다고 해도…… 이만한 양이면 한 달은 먹겠다.”

“아, 너는 모르겠구나. 방학 때 학교에 남아 본 적이 없으니까.”

티스가 봉투를 내려놓고는 창밖으로 넘어가더니 샨에게 손짓했다. 샨은 티스를 따라 밖으로 나간다. 습기를 품은 나무 냄새가 났다. 커튼이 부풀어 올랐다.

마지막 인부까지 빠져나가는 걸 확인하고는 도개교가 올라갔다. 그리고 도개교 앞에 에녹 교수님이 서 있었다. 에녹 교수님은 흰색 신관복이 아닌 푸른색 나풀거리는 옷을 입고 있었다.

옷에는 문양이 그려져 있었는데 나무와 물을 상징하는 문양이었다. 처음 보는 의상이었지만, 척 보기에도 뭔가 의식에 사용하는 옷 같았다. 바람이 불 때마다 푸른 옷자락이 부풀어 올랐다.

옷 자체에서 강한 마력이 느껴졌다. 옷에 박힌 검은색 보석이 빛을 받을 때마다 푸른빛을 반사했다. 흡사 깊은 우물에 별이 비치는 것처럼.

"여기가 쇼의 특등석이지."

티스가 창틀에 걸터앉는다. 떨어지면 즉사할 높이지만 아무렇지도 않은 모양이다. 그가 자신의 옆자리를 손으로 친다.

샤은 그런 티스의 옆에 앉는다. 바람이 불자 그만 신발이 벗겨졌다. 신발은 가차 없이 바닥으로 떨어졌다.

쿵.

신발에 땅에 충돌하며 밑창이 부러졌다. 샤이 살짝 이마를 찌푸렸다.

"아, 안 되는데."

티스가 샤의 머리를 벅벅 문지른다.

"내가 그러니까 신발은 발에 맞는 거 신으라고 했잖아. 돈 아낀다고 큰 거 신더니만……."

"키 크면 신발 또 바꿔야 하잖아."

그 말을 입학식 때부터 들었다. 그러나 그때부터 샤은 단 한 번도 신발을 바꾼 적이 없었다. 물론 샤의 키가 다른 애들처럼 커진 적도 없었고. 티스는 영혼 없이 대답했다.

"그래, 겁나 무럭무럭 자라라."

샨은 두 주먹을 불끈 쥐며 떨어진 신발을 아까워했다. 바람의 방향이 바뀐다.

코 밑에 물기가 느껴진다. 차갑고 습기가 높은 바람이다. 공기 안에서 희미하게 박하 향이 났다. 에녹 교수님의 머리카락이 바람을 따라 부풀어 오른다.

영원과도 같은 정적 사이로 소리가 빛줄기가 되어 내리친다. 그것은 찬트였다. 감히 샨이 쫓아갈 수도 없고 흉내 낼 수조차도 없는 아득하게 먼 경지.

그것은 신화였다. 과거 마족들이 물질계를 넘어왔을 때 홀로 침묵을 깨고 나온 수호자의 노래가 공기를 흔들었다. 소리에 이끌려 마력이 움직인다. 샨은 왼쪽 눈동자를 밝힌다. 달의 문양이 망막 위로 기포처럼 밀려 올라온다. 소리를 따라 공기 중의 마력은 선을 그리고 그 선을 따라 빛이 되어 모인다.

오래된 약속에 따라 세계는 그의 노래에 응답한다.

굉음을 울리며 호수가 솟아오르기 시작했다.

호수의 물줄기가 해일처럼 솟아오르고 또 솟아오른다. 마치 공기 거품처럼 이 학교를 완전히 감싼다. 그 뒤에

에녹 교수님의 노래를 따라 물방울 위로 마법진이 얼음이 되어 아로새겨진다.

결계 마법. 그것도 최상위급 결계 마법이다. 마법진 하나하나가 어지간한 졸업생들도 쓰지 못할 결계들이었다. 그걸 중첩하고 또 중첩한다. 마치 잘 구워진 크러스트 파이 같다. 겹겹이 이어지는 결계 사이로 빛이 샘솟는다.

마침내 마지막 음절을 완성하고는 에녹 교수님이 뒤를 돌아보았다. 이쪽을 눈치채신 모양이다. 티스가 손을 흔들었지만 에녹 교수님은 고개도 까딱하지 않고 몸을 돌린다.

"이제 여기를 나가는 것도 들어오는 것도 에녹 교수님 허락을 받아야 해. 학교가 방학 중에 이렇게 사람이 없어도 안전한 이유지."

"엄청난 결계네. 무슨 물로 만든 누에고치 같아."

"저런데도 빛과 공기는 잘 통하고, 거기다가 우편 드래곤 같은 것들도 원하면 얼마든지 들여보낼 수도 있고, 에녹 교수님 허락을 받은 사람이라면 들어갔다 나갔다 하는 것도 자유롭고."

"교과서에는 그런 결계 마법에 대해서는 없었어. 졸업반 심화 과정 책에도 없었고."

티스가 턱을 괴었다.

"그러니까 진짜 마법이라는 거지. 아주 오래된 마법."

엘도 그런 이야기를 한 적이 있었다. 과거 티스를 찾을 때 썼던 공간을 넘는 문도 그 진짜 마법 중의 하나라고 했고.

'아직도 멀었구나.'

저 경지에 오르려면 얼마나 더 가야 할까. 인간의 삶을 온전히 바친다고 해도 무리이리라. 인간의 수명은 하이엘프에게는 찰나와도 같으니까.

율케스가 말했다.

"신록의 서는?"

"내가 할 수 있는 건 거의 다 했어. 그런데 모르는 단어가 중간중간 너무 많아서 라온 교수님과 상의를 해야 할 것 같아. 하지만…… 음……."

이 사태를 라온 교수님이 알고 있을까? 갑자기 신록의 서를 들고 와서 번역본을 보여 드려도 이상하게 보지 않으실까, 샨은 망설인다. 티스가 말했다.

"괜찮을걸?"

"왜?"

"그 교수님은 알고 있을 테니까."

"그걸 어떻게 알아?"

샤의 질문에 티스는 웃기만 한다. 이윽고 식료품 봉투를 끌어안고는 먼저 성큼성큼 걸어간다.

"아무튼 괜찮을 거야."

아무런 근거도 없는데 티스가 저렇게 말하면 묘하게 맞는 말 같다. 샤은 티스를 쫓아 걸어가려다가 도로 멈춘다. 율케스가 샤의 짐까지 챙겨 들었다.

"신발 찾으러 다녀와라."

"응!"

밑창은 갈라졌어도 잘 붙이면 어떻게든 신을 수 있으리라.

6.

샤은 신발을 붙잡고 눈물을 흘렸다. 밑창 갈라진 건 둘째 치고 가죽까지 찢어졌다. 대체 얼마나 세게 부딪쳤는지 엉망이 돼서 고칠 바에는 새로 사는 게 나을 지경이다.

결국 깽깽이 발로 신발을 들고 기숙사로 돌아왔다. 티스가 그것 보라고, 내가 뭐랬냐고 이미 결계가 쳐졌으니 사러 나가려면 정말 귀찮아질 거라며 웃었다. 그래 놓고는 어디서 구했는지 슬리퍼를 하나 건네줬다.

"내 방에 누가 두고 갔는데 이거라도 쓰든가."

여성용 슬리퍼다. 대체 어느 여성이 슬리퍼를 신고 여기에 왔으며 왜 두고 갔는지 알 길이 없지만, 이 방에 왜 왔고 뭐 하다 갔는지는 알 것 같았다.

샤이 노려보자 티스가 식은땀을 흘렸다.

"아, 모르는 게 있어서 물어보러 온 거야. 공부 때문에."

티스 이 자식도 갈 때까지 갔다. 거짓말을 하려면 좀 속이는 척이라도 하든가.

샤은 입술을 삐죽였다.

"그러면 내 거 신을래? 율케스나?"

전부 신발이 엄청 크다. 티스가 말했다.

"그러니까 내가 뭐랬어. 돈 아낀다고 한 켤레만 사지 말고 좀 여벌까지 팍팍 사라고 했지."

샤은 눈물을 머금었다. 알테리온가의 빈궁한 습관이 어디 가는 게 아니다. 결국 핑크색에 리본까지 달린 슬리퍼에 발을 집어넣는다.

그때 카이가 잠에서 깼는지 몸을 일으킨다.

"마마."

카이의 눈에 하얗게 막이 낀다. 요즘 갑자기 많이 잔다 싫었는데 머리끝부터 발끝까지 뭔가가 벗겨지기 시작한다. 티스가 말했다.

"어. 야, 얘 허물 벗는다."

"지, 지금? 지금 일부러 작게 변신시켜 놨는데?"

"이거 꼴 봐서는 원래 크기로 키워서 제대로 허물 벗어야 할 거 같은데. 라온 교수님한테 데려가라."

돌아 버리겠다. 그나마 새끼 때와는 달리 목숨이 위태위태하지는 않는다. 하지만 지금은 2차 성징이 올 때, 드래곤은 마법적인 생물이다 보니 2차 성징 때 겪었던 변수 하나하나가 일일이 성룡 때까지 영향을 끼친다.

"미치겠네!"

샨은 카이가 담긴 바구니를 들고 여성용 슬리퍼를 신고 절뚝거렸다.

티스가 물었다.

"그거 안 맞아?"

샨이 대답했다.

"굽 있는 건 둘째 치고, 이거 좀 커! 아니, 대체 기숙사 침실에 여자는 또 왜 끌어들인 거야! 더는 안 하기로 나랑 약속했잖아! 그리고 이거 반짝이 붙어 있는데 학칙상 신으면 안 되는 거잖아!"

"야, 같이 공부하느라 어쩔 수 없었다니까. 오빠 믿지? 그리고 그런 말 할 때냐? 카이 데리고 빨리 라온 교수나 만나러 가."

율케스가 말했다.

"오늘도 평화로운 학교생활이군."

티스와 샨이 동시에 대답했다.

"닥쳐!"

"하나도 안 평화롭거든?"

7.

에녹 교수님이야 신전에 가면 늘 볼 수 있지만 라온 교수님은 다르다. 연구실에 있기도 하고 도서관에 계시기도 하면서 뜬금없이 지붕 위에서 발견되거나 심지어는 학교 호수에서 헤엄을 치는 모습이 목격되기도 했다.

우선 라온 교수님 개인 연구실로 갈 것인가 도서관으로 갈 것인가 둘 중의 하나를 선택해야 한다.

티스가 말했다.

"도서관!"

샨이 물었다.

"감으로 찍은 거야?"

그 말에 율케스가 고개를 저었다.

"이 경우는 연구실로 가는 게 맞다. 만약 교수님이 안 계셔도 라온 교수님 연구실 자체가 넓어서 카이를 키워도 되거든."

티스가 말했다.

"감으로 찍은 거 맞아. 하지만 도서관에 계실 거야. 내가 찍어서 틀린 거 본 적 있어?"

"가끔."

"대부분은 맞잖아!"

적중률이 높은 티스를 따라갈 건가, 망해도 실패하지 않을 율케스를 따라갈 건가. 선택의 시간이다. 카이가 중얼거렸다.

"마마. 추워……."

더는 망설일 시간이 없었다.

샨이 선택한 건 '카이를 데리고 연구실로 향하고, 티스를 시켜서 교수님을 찾아본다' 작전이다. 티스가 뺨을 부풀렸다.

"내 감 안 믿는 거야?"

"그러다 틀리면 카이는?"

샨이 반문하자 티스가 답답한지 가슴을 쳤다.

"안 틀린다니까?"

"아무리 승산이 높아도 도박은 도박이야. 거기에 카이를 걸 수는 없어."

율케스가 대답했다.

"잘 생각했다."

티스는 답답해 죽겠다는 표정으로 도서관으로 향했다. 샨은 라온 교수님의 연구실로 달려갔다.

별관 연구실 건물, 그중에서도 가장 큰 연구실이 라온 교수님이 있는 곳이다. 라온 교수님이 담당하고 있는 과목인 소환술의 특성상 자리를 많이 필요로 하기 때문이다. 무엇보다 악마를 소환한다거나 하는 위험한 흑마법도 다루고 있기 때문에 사고가 났을 때 수습할 시설까지 필요하다.

"문이 잠겨 있는데?"

율케스는 문을 붙잡더니 손바닥으로 걸쇠를 퍽 후려 쳤다. 열쇠도 없이 자물쇠가 부서진다. 율케스가 물었다.

"잠금 마법은?"

샨이 왼쪽 망막에 달이 떠오른다.

"없어. 기본적인 경보 마법도 안 걸어 놨어."

"그럼 됐군."

율케스가 벌컥 문을 여는 순간 문에서 수천 개의 촉수들이 튀어나왔다. 샨이 덧붙였다.

"아, 대신에 악마가 문을 지키게 해 놨네. 보니까 하급은 아니고 중급은 되는 것 같은데?"

촉수 위에는 푸른 독액이 흘렀다. 독액이 땅에 떨어질 때마다 바닥이 시커멓게 변했다. 율케스는 검을 뽑았다. 그 순간 수백 개의 은색 선이 허공을 갈랐다. 기술명조차 말하지 않고 그냥 숨 쉬듯 자연스럽게 검강을 뿜었다.

중급 마족이 괴성을 지르며 수백 조각의 육편이 된다. 놈이 재생하려는 순간 율케스는 놈의 핵으로 보이는 붉은 구슬을 발로 차서 깨 버렸다.

키에에에엑!

새카만 연기가 되어 흩어지는 마족을 뒤로하고 율케스가 손짓했다.

"들어와."

지나치게 익숙한 폼에 샨이 물었다.

"너, 우리 형이랑 그동안 무슨 수련 했던 거야?"

율케스가 대답했다.

"이런 수련."

그 말을 끝으로 안으로 성큼 들어간다. 율케스가 발을 딛기가 무섭게 소환 마법진이 발동된다. 이번에는 상급의 환수들이다. 율케스가 말했다.

"잠깐만, 청소 좀 하고."

문이 닫힌다. 그리고 괴성이 울리기 시작했다. 그리고 1분도 지나지 않아 다시 문이 벌컥 열렸다.

"이제 안전해."

"유…… 율케스…… 너……."

"응?"

"아니다. 아무것도 아니야."

샨은 기가 질려서 카이를 끌어안고 안으로 들어갔다.

방어 마법이 발동될 때부터 눈치챘지만 안에 교수님은 없었다. 샨은 연구실에 있는 책 더미며 소파를 밀어 버리고는 카이를 원래 크기로 돌렸다.

작을 때는 미처 알아차리지 못했는데 열이 심하다.

"마마…… 마마……."

샨은 카이의 입 안에 손을 넣어서 온도를 쟀다. 손이

델 것처럼 뜨끈뜨끈하다. 보통 허물을 벗을 때마다 체온이 올라가긴 했지만 이 정도는 아니었다. 율케스가 라온 교수님의 선반을 멋대로 뒤지더니 해열제를 꺼낸다.

"쓸래?"

이제는 율케스도 드래곤을 키우고 있는 처지인지라 용에게 사용하는 기본 약 정도는 알고 있다.

율케스가 키우고 있는 폴룩스는 마치 물체의 일부처럼 율케스의 검을 감고 있다. 성장은 빠르지만 좀처럼 감정 표현을 하거나 주인과 교감하려고 하질 않는다. 눈을 감고 있을 때는 마치 검의 장식 같아 보인다. 율케스 역시 폴룩스에게 별다른 교감을 시도하지 않는다.

먹이가 필요할 때는 먹이를 먹이고 평소에는 그냥 내버려 둔다.

그에 비해 티스의 리젤은 정반대다. 주인과 교감을 하려 하지 않는 점은 똑같지만 티스의 몸 위를 뱀처럼 기어다닌다. 금속성의 비늘 때문에 장신구로 오인받기가 쉬운데 손목에 감겼다가 목까지 기어 올라가서 목을 감고 있기도 한다. 티스가 그런 리젤에 대해 이렇게 말했다.

'그냥 동거인이라고 생각하고 있어. 이건 내 감인데 말이야, 우리가 지내는 모습을 관조하는 있는 느낌이야.'

샨이 생각하기로는 티스고 율케스고 드래곤을 길들이려는 시도 자체를 하지 않기 때문에 생기는 일 같다. 이대로는 야생 드래곤이랑 동거하는 것과 다를 바가 없다.

'하아, 다음 학기 때 드래곤 관련 수업을 같이 들으면 좀 나아지려나?'

둘 모두 싸움에서 부족함이 없다는 게 가장 근본적인 원인이다.

드래곤과 주인의 신뢰 관계는 전투에 임할 때 가장 믿는 게 무엇인가로 판가름할 수 있는데, 율케스는 자신의 검을 믿고 티스는…… 뭘 믿고 있는지는 모르겠지만 그게 드래곤이 아니라는 건 알겠다. 그동안 이미 자기들 나름대로의 방식으로 목숨을 연명해 왔는데 드래곤이 생겼다고 하루아침에 바뀔 리가 없다.

오히려 귀찮은 애완동물 취급하기 딱 좋지.

'둘 다 얼마나 커질지는 모르겠는데, 아마 대형종이면 말 대신 타고 다니고 그게 끝이겠지.'

신화나 전설에서나 나오는 최초의 불꽃을 탈것으로 쓰고 땡이라면 그건 그거대로 낭비다. 샨은 고민했다.

'그래도 지금은…….'

지금은 나설 때가 아니다. 여기서 뭔 소리를 더 한들

잔소리밖에 안 된다. 적어도 다음 학기가 시작하면 그때 이야기하는 게 나으리라.

'다음 학기가 가능하다면.'

이 세계는 아무렇지도 않게 흘러간다. 가끔씩 발생하는 이상기후를 제외한다면. 때때로 터지는 세계 멸망의 위기들을 제외한다면.

그럼에도 불안하다.

언젠가 황혼이 올 것을 알기에 조급해진다.

"해열제는 아직 안 쓸래. 교수님에게 보이고 나서 결정하려고."

샨의 말에 율케스는 고개를 끄덕였다. 여태 카이가 허물을 벗은 적이 여러 번 있었지만 이렇게까지 아픈 적은 드물었다. 샨은 두 손을 꼼지락거렸다.

"사실 담요라도 덮어 주고 싶은데 혹시 잘못될까 봐 그것도 못 하겠어."

샨의 말에 율케스는 고개를 끄덕이더니 담요를 들어 카이 대신 샨의 어깨에 덮어 줬다.

"너까지 불안해할 건 없다."

"응."

"진정해."

그 말에 샨은 깊게 심호흡을 했다. 걱정이 지나치다 보니 저도 모르게 흐트러진 모양이다. 율케스는 알코올램프를 찾아다가 불을 올렸다. 차라도 끓일 요량인 모양이다. 원래라면 차를 끓이는 역할은 자연스럽게 샨이 맡곤 했다. 그러나 지금은 그 정도의 여유는 없다.

그저 카이의 머리를 끌어안을 뿐이다.

원래의 모습을 되찾은 카이는 샨이 양팔로 끌어안아도 다 안을 수 없을 정도로 머리가 커져 있다. 유독 튼 날개는 피막까지 펼치면 연구실을 다 덮을 정도다.

이윽고 티스가 문을 열었다.

"라온 교수님 찾아 왔어!"

샨이 물었다.

"도서관?"

티스가 어색하게 웃었다.

"도서관 지붕."

대체 거기는 왜 올라가셨던 걸까. 뭐, 원래부터 종적을 잡기 힘든 사람 아니던가. 샨은 더는 묻는 걸 포기했다. 샨의 등 뒤에서 라온 교수님이 나지막하게 하품을 내뱉었다. 나무 슬리퍼를 찍찍 끌고 오는 폼이 어디 휴가라도 나온 사람 같다.

"방학 동안은 교수 일도 휴업입니다. 추가 근무는 사절이라고요."

이런 부분은 에녹 교수님이랑 똑같다. 티스가 라온 교수님의 옷자락을 붙잡아 연구실 안으로 와락 끌어당겼다.

"어라? 방어 소환수들 전부 해치운 겁니까?"

율케스가 대답했다.

"응. 검으로."

라온 교수는 율케스의 검을 내려다보다가 폴룩스의 이마를 손가락으로 긁었다.

"많이 성장했군요. 표정을 보니 그 검이 꽤나 마음에 든 모양입니다. 하긴 요즘 세상에 염원이 담긴 검은 흔치가 않죠."

"무슨 뜻이지?"

율케스의 말에 라온 교수는 대답하지 않았다. 춤이라도 추듯 몸을 핑그르르 돌리더니 카이를 향해 다가갔다.

"어라, 허물 벗는 것치곤 뭔가 상태가 다르네요. 보통은 입부터 허물을 벗어야 하는데 이건 아예 피부 군데군데가 다 찢어지고 있군요."

샨이 말했다.

"그래서 온 거예요. 작은 형태로 변신시켜 두면 안 될 것 같아서 원래 모습으로 돌렸어요."

"좋은 선택입니다."

"대체 카이가 왜 이러는지 아시나요?"

라온 교수님은 대답 대신 카이의 입 안에 손을 넣어 온도를 재거나 뜯어진 피부를 만지더니 혀에 대고 맛을 보았다. 그러고는 카이의 이마를 붙잡아 손등으로 다시 온도를 가늠한다.

"뿔이 나오겠네요."

"뿔이요?"

"네. 드래곤의 뿔은 마력의 결정체죠. 고대 악마와 드래곤을 묘사할 때는 늘 뿔을 함께 그리곤 했으니까. 드디어 청소년기에서 성년기로 들어가는 모양입니다."

샨의 눈이 커진다.

"그럴 수가, 너무 빠르잖아요?"

"네, 빠르지요. 소형 드래곤이야 원래 수명도 짧고 성장 속도도 빠르지만 카이는 대형종이라고요? 크롬 군이 데리고 있는 화룡 플라멜도 성룡이 되려면 멀었습니다. 아니 뭐, 그쪽은 크롬 군 본인이 이미 훌륭한 성룡이니 상관없으려나요?"

인간이길 포기하고 반인반룡의 경지가 되었다고는 들

었다만 그 정도라는 걸까. 샨은 할 말을 잃고 고개만 끄덕였다.

라온 교수님은 카이를 살펴보다 말했다.

"보통 드래곤들은 뿔이 나오는 것과 동시에 성별이 결정됩니다. 이제 카이의 성별 역시 결정되겠군요. 체격이나 마력 역시 청소년기 때와는 확연히 다를 거고요."

그는 턱을 문지르다가 한마디 덧붙였다.

"최근에 한계까지 혹사당했다거나 마력의 기둥에 노출됐다거나 아니면 용과 주인의 감정을 넘어선 운명적인 교류를 느꼈다거나 하는 게 있었습니까?"

"……셋 다인데요."

샨의 대답에 라온 교수님이 웃음기 없이 끄덕였다.

"역시나 샨 군이군요. 아주 드래곤을 노예처럼 굴려 먹은 모양입니다."

"그, 그런 거 아닙니다!"

"본인 몸은 개처럼 굴려 먹었고요."

그 말에 샨은 대답을 못 하고 어물거렸다. 라온 교수는 샨의 이마를 손가락으로 탁 튕겼다.

"왜 드래곤 스콜라가 만들어졌는지 생각해 보셨습니까? 높으신 귀족 나으리들이라면 마법사의 탑 전문가들을 초빙해서 개인 교습을 시키면 될 일입니다. 그럼에도 제국은 이곳으로 사람을 부르길 적극 권유하고 있고, 그 유명한 마이어하트 가문조차도 자제들은 이곳에 불러서 집어넣고 있죠. 그 이유를 생각해 본 적 있으십니까?"

샨의 새카만 눈동자가 움직이는 걸 라온 교수는 즐겁게 지켜본다. 뭔가 답을 찾은 모양이지만 입 밖으로 말하진 않는다. 그걸 라온 교수는 제 입으로 끄집어내 말한다.

"고생하라고. 몸이든 정신이든 한계까지 혹사시켜 보라고."

"……."

"제국의 초대 황제께서 대륙을 통치하신 이후 단 한 번도 귀족들은 편해 본 적이 없습니다. 요즘 들어선 더욱 심해져만 가죠. 영지전의 규모는 날로 커져 가고 약한 귀족은 끊임없이 도태시키니까요. 말랑한 정신으로는 영지를 유지할 수 없습니다. 인간의 악의를 모르고서는 작위를 지킬 수조차 없죠."

"여기는 용광로군요."

"네. 아이를 녹여 학생이라는 철을 만들죠. 그리고 고난이라는 이름으로 끊임없이 두드립니다. 이곳에서는 끊임없이 시험합니다. 어느 탑에 들어갈지, 친구라는 말뿐

인 사교장에서 어디까지 견딜 수 있을지, 그리고 그런 와중에도 진짜로 친우라는 걸 만들 수 있을지. 아니면 세력을 통합해서 권력을 쟁취해 볼지. 그도 아니면 검이나 마법의 극의를 이루어 하나의 일가를 이루어 낼지."

"……"

라온 교수는 카이의 이마를 쓸어내리며 말을 이었다.

"수없이 망치질 하고 난 후에 마침내 '가문의 일원' 이라는 칼을 만들어 졸업시킵니다. 착한 아이도 나쁜 아이도 졸업합니다. 몸도 정신도 충분히 강하다면요."

그는 샨의 머리를 쓰다듬었다.

"그런 의미에서 샨 알테리온이라는 아이는 어디까지 단련되었을지 궁금하군요."

티스가 물었다.

"그거 칭찬입니까?"

라온 교수님이 대답했다.

"그런데 너무 두드리다 보면 가끔 부러지기도 합니다만?"

"욕인가요?"

티스의 말에 라온 교수님이 웃었다.

"그냥 그렇습니다. 인간이란 참 재미있거든요. 바람만

불면 픽 죽어 버리는 주제에 결국 강해지기 위해서는 스스로의 목숨을 계속해서 시험해야 하니까요."

라온 교수님은 카이의 안쪽 비늘을 들여다본다.

"오, 꽤나 예쁜 색이네요."

샨이 물었다.

"그러면 카이는 괜찮은 건가요?"

라온 교수는 몸을 일으켰다.

"지금은 기력이 모자란 것 같으니 영양제만 챙겨 주면 될 것 같습니다. 해열제는…… 음, 지금은 안 쓰는 게 좋겠군요. 대신에 차가운 물수건으로 몸을 계속 닦아 주는 게 좋을 것 같습니다. 샨 군은 한동안 여기 남아 있어야겠군요."

그 말에 긴장이 풀려 샨은 그대로 주저앉았다.

샨은 카이의 머리를 쓸다가 그제야 신록의 서에 대해 생각났다. 샨이 말했다.

"아, 교수님. 제가 고대의 책 하나를 얻게 되었는데 번역이 힘든 부분이 있어요."

"가져와 봐요. 샨 군."

율케스가 말했다.

"내가 가져올게. 넌 여기 있어라."

샨이 고개를 끄덕였다. 율케스가 차를 샨 앞에 내놓았다. 분명 따뜻하고 향은 좋았지만 차에서 걸레 빤 물 맛이 났다.

"으, 내가 다시 끓여야겠다."

율케스가 순순히 고개를 끄덕였다. 본인 차 끓이는 솜씨는 본인도 잘 아는 모양이다. 라온 교수님은 해열제를 조제하며 말했다.

"그러면 샨 군, 카이가 여성체면 좋겠나요? 남성체면 좋겠나요?"

그 말에 샨은 쉽게 대답하지 못했다. 한참을 망설이다가 어렵게 입술을 뗐다.

"어느 쪽이든 안전하게만 탈피되었으면 좋겠습니다."

라온 교수님은 박하 향이 나는 이름 모를 시럽 몇 방울을 떨어뜨렸다.

"이성으로 변할 경우 배우자보다도 끈끈한 인연으로 남는 경우가 많습니다. 고대 용신들은 본체로 있는 것보다 인간 모습으로 지내는 걸 더 편하게 여겼다고 하더군요. 카이는 최상위급 드래곤이니 용신님들 정도까지는 아니더라도 지금보다는 더 편하게 인간의 모습으로 다닐 수 있겠죠."

"……."

그는 건조한 산딸기 두 개를 약탕기 안에 집어넣는다. 딸기 향이 새콤하게 방 안을 가득 채운다.

"드래곤 마스터들의 결혼 생활이 불행한 이유가 이겁니다. 인간보다 더 아름다우며, 늙지도 않고, 주인의 가슴 깊숙한 곳까지 이해하죠. 부인 입장에서는 미칠 노릇이죠. 드래곤들은 전장까지 쫓아가니 당연한 말이지만 진짜 배우자들보다도 오래 함께합니다."

"그렇군요."

라온 교수님은 그동안 막연하게만 생각해 온 문제들을 하나둘 꺼내서 샨에게 던져 넣는다.

"그런 의미에서 그나마 동성으로 진화하면 차라리 편하죠. 수호기사와 다를 바 없으니까요."

"마이어하트 가문은 어떻게 하죠?"

그 말에 라온 교수님이 플라스크를 흔들었다.

"마이어하트는 드래곤을 가축 이상으로 취급하지 않습니다. 감정 교류도 잘 하지 않고요. 어디까지나 병기로 취급하죠. 카이처럼 지적 능력이 높은 드래곤보다는 순수하게 전투력이 강한 드래곤을 고르는 것도 그런 이유죠."

생각해 보면 크롬과 플라멜은 주인과 개의 사이다. 크

롬이 명령을 하면 플라멜은 듣는다. 그 안에 어떤 거부권도 없다.

"선대는 어땠는지 몰라도 플라멜의 경우에는 지능이 많이 떨어집니다. 화룡 중에 가장 손꼽히는 전투력을 가진 플라멜 종들에게 공통적으로 보이는 특징이죠. 그 성격에 인간으로 변하는 것도 허락하지 않을걸요."

하긴 크롬이 뭔가를 결정할 때 플라멜에게 물어본 적이 없다. 라온 교수는 연기가 날 때까지 몇 번 더 약을 휘저었다.

"카이에게 어떤 성별로 변해 달라고 명령해 보지그래요? 샨은 카이가 남성체가 되길 바라죠? 그쪽이 전투력도 강하고 같이 지내기도 편하니까."

샨이 고개를 저었다.

"어디까지나 카이에게 맡기고 싶어요. 그런 자유까지 억제하고 싶진 않습니다."

"흐음. 샨은 보통 드래곤 마스터들과는 많이 다르군요."

그 말을 끝으로 불을 껐다. 약을 병에 담아서 샨에게 건넸다.

"일단은 지금 당장 먹이고, 탈피가 끝날 때까지 하루에 두 번, 아침저녁으로 먹이세요."

8.

카이는 샨보다 오래 살까? 아마 그럴 거다. 대형종 드래곤일수록 수명이 길다 했으니 카이는 샨보다 더 오래 살 거다. 그렇다면 카이의 성별이 샨의 인생에 영향을 끼칠까?

그것 역시 맞다. 2차 성징이 끝난 이상 카이는 드래곤의 모습보다는 인간의 모습으로 있는 시간이 더 많아질 테고 그러다 보면 의식을 안 할 수가 없다. 거기다가 카이의 지능은 인간과 비슷하다. 어떤 면에 있어서는 인간보다 더 뛰어나다고 느낄 때도 있다. 예전과 같지는 않을 거다.

'그러고 보니 카이란 이름의 원래 주인은 여성이었지. 칼질 한 번으로 산을 갈랐다는 조상님.'

알테리온이라는 가문 자체가 동대륙에서 넘어왔기 때문에 아직도 동대륙의 습관들이 일부 남아 있다. 그중의 하나가 '제사' 다. 서대륙 출신들은 굉장히 이상하게 보는 관례 중의 하나인데, 알테리온가는 사람이 죽은 기일이 되면 초를 켜고 술을 따르며 그 넋을 기린다.

보통 제사를 지내는 건 위로 3대 정도. 가주인 아버지 기준으로 아버지의 할아버지, 즉 샨의 증조할아버지까지다. 여성의 경우 따로 제사를 지내진 않고 이름을 적은 위패만 놓았는데, 아버지 대가 되어 바뀌었다. 샨의 어머니를 잃은 이후로 아버지는 그냥 어머니 제사도 함께 지낸다.

풍습이라는 게 그렇다. 쭉 지켜 오는 게 있으면 바뀌는 것도 있고 새로 생기는 것도 있다. 아마 다음 가주를 에론 형이 맡게 된다면 에론 형도 돌아가신 여성들을 함께 제사 지낼 거다.

'에론 형이 결혼을 하긴 할까.'

차라리 리오 형이라면 모르겠는데 그 에론 형을 감당할 여자가 있긴 할지 의문이다.

아르고 형이야 때 되면 알아서 장가갈 것 같기도 하고.

샨은 물수건의 물기를 양동이에 쭉 짰다. 그러고는 카이의 몸을 닦아 주었다.

"마마, 차……가워."

카이는 죽어 가는 목소리로 말했다.

샨은 뜨거워진 카이의 몸을 닦았다. 차가운 물기가 카

이의 몸을 식힌다. 그러나 얼마 지나지 않아서 수건은 다시 마르고 뜨거워진다.

라온 교수님이 말했다.

"카이가 여성체가 된다면 결혼할 생각 있습니까? 샨 알테리온 군."

그 말에 샨은 수건을 떨어뜨렸다.

"무, 무, 무, 무슨 엄청난 소리를 하시는 겁니까! 라온 교수님!"

"지금이야 용신들이 중간계를 떠난 상황이니 드래곤들이 병기나 가축 취급 받는 형국이지만, 옛날에는 인간과 드래곤이 결혼하기도 했다고요? 거기다가 상위급 드래곤들은 인간보다 더 위대한 신적인 존재로 떠받들어지기도 했고."

"그분들은 이미 이 세계를 떠났잖아요."

샨의 말에 라온 교수님이 이마를 문질렀다.

"그랬죠. 지금 이 세계에 남은 건 반쪽짜리 드래곤 정도죠. 힘은 있으나 지능은 따라 주지 않는 플라멜이나, 지능은 있으나 힘이 예전 같지 않은 드래곤들."

그리고 그들을 불쌍히 여기는 이서릴이 있다.

라온 교수님은 신록의 서 원본과 샨이 번역한 노트를

한 쪽씩 번갈아 넘긴다. 수정할 부분은 줄을 긋고 위에 쓰고, 첨삭하는 것은 따로 다른 양피지에 적어 나갔다.

"카이를 보고 있으면 가끔 그런 생각이 듭니다. 과거 이 세계에서 군림했던 그 위대하신 용신들과 닮은 부분이 있거든요. 하긴 말도 안 되는 일이죠. 그분들은 모성애가 강하니까요. 자신을 공격하면 공격한 그 인간을 죽이지만, 새끼를 공격하면 그 나라를 멸망시켰습니다."

샨은 다시 수건을 양동이에 담근다. 그러고는 다시 쭉 물기를 짜내서 카이의 살 접힌 부분을 닦았다. 이서릴은 카이를 '춤추는 천칭'이라고 했다. 그 말뜻이 뭔지는 아직도 잘 모르겠지만 최초의 불꽃인 폴룩스와 리젤을 새끼용으로 돌려 버렸다. 이건 어떤 마법으로도 불가능한 일이다.

그것도 이 세계를 지탱하는 신, 엘의 의사와 상관없이 저지른 거다.

어떤 드래곤도 그건 불가능하다. 진짜로 신화 속 원전(原典)에나 나오는 용신이 아니고서야…….

그걸 해내고도 카이는 자신이 저지른 일에 대해 말을 잘 하지 않았다. 마치 꿈이라도 꾼 것처럼. 자고 깨어나면 꿈속의 모든 것을 잊어버리듯이.

"저도 카이에 관해서는 모르는 부분이 너무 많네요."

카이의 숨이 천천히 고르게 변한다. 잠이 든 모양이다.

"해열제에 잠이 잘 오는 약을 함께 넣었습니다. 벌써 슬슬 효과가 든 모양이군요."

"부작용은 없어요?"

샨의 말에 라온 교수가 개구쟁이처럼 웃었다.

"드래곤이 인간과 똑같다고 생각하나요? 샨 군, 인간이야 약을 먹어도 부작용 때문에 걱정해야 하는 처지지만 용은 독을 먹어도 속 좀 더부룩하면 끝입니다. 애초부터 드래곤의 치아에는 미세한 마비 독이 흐르고 있어서 사냥감을 물면……."

"……물면 마비를 시킨다고요. 알고 있습니다."

"샨 군은 걱정이 너무 많아요. 그게 장점 같아 보여도 군 같은 사람에게는 단점이 됩니다."

어련히 잘 알고 있으려고. 샨은 살짝 뺨을 부풀렸다.

라온 교수님은 깃펜을 손가락에 얹고 빙그르르 돌렸다. 차라리 제대로 된 나무나 철 펜대라면 모를까 깃펜을 상처도 없이 손가락으로 돌릴 수 있을 줄이야.

신기해하는 샨이 재미있는지 라온 교수는 서랍에서 깃펜 몇 개를 더 꺼내더니 손가락 사이에 하나씩 끼고 일제히 돌렸다. 나중에는 던졌다 받았다 하는 신기를 보여 주기 시작했다.

"이 짓도 한 몇백 년 하면 이 정도는 한답니다."

그렇구나. 몇백 년 동안 하면 나무 펜도 아니고 깃펜을 손가락 사이에 끼우면서 저글링을 하고 돌릴 수 있구나.

뭔가 쓸데없는 지식을 배운 거 같다.

"에녹 교수님도 이거 할 수 있을걸요?"

업무 중간에 농땡이를 치는 모습은 둘째 치고라도 깃펜을 손가락 사이에 끼우는 에녹 교수라니 상상도 안 간다.

"그분은 안 하실 거 같은데요."

"왜 그러세요. 샨 군, 에녹 교수님은 저보다 연상이라고요. 깃펜이 문제가 아니라 이 세상 모든 물건을 손가락 사이에 끼우고 굴릴 줄 알 겁니다."

"그 상상 자체가 모독 같습니다."

"진짜래도 그러네."

두 사람은 약속이라도 한 듯 말을 멈추었다. 샨은 마른 수건을 다시 적시고는 카이의 몸을 닦고, 또 닦는다. 지친 기색은 역력한데 요령을 피우질 않는다.

저 아이는 늘 그렇다. 무엇이든 걱정하고, 그렇기에 쉬질 못한다. 착실하긴 하지만 그만큼 두려움이 큰 거라고

라온 교수는 생각했다.

"이번에 차석이라면서요?"

샨이 고개를 끄덕였다.

"운이 좋았습니다."

"뭐, 납득은 갑니다. 제가 이번에는 점수를 잘 줬거든요."

그건 그랬다. 언제나 평균을 깎아 먹는 건 라온 교수님의 점수였으니까. 그래도 평소보다 더 노력하긴 했다. 그러다 과로로 쓰러지기도 했고.

"미친 신으로부터 세계를 구원하고 싶다는 마음은 이해합니다."

그 말에 샨은 두 번째로 수건을 놓쳤다.

"네, 네에?"

"우리 사이에 비밀이 뭐 있겠습니까. 요즘은 정보 사회라고요? 아는 것이 힘이라고요?"

"라, 라온 교수님이 그, 그, 그, 그걸 어떻게……!"

"샨 군을 절대로 거짓말은 못 할 타입이네요. 티메리스 군이라면 '저는 언제나 세계 평화에 충실하죠! 와하하하!' 하면서 능청이나 떨 텐데."

샨의 얼굴이 시뻘겋게 번진다.

어리다. 역시 어려. 어리고 순진하다.

"샤 군은 묘하게 에녹 교수님이랑 닮았네요."

"아뇨아뇨, 절대 그건 아닌 것 같은데요."

"닮은 부분이 있어요. 그 쓸데없이 성실한 부분이라든가 거짓말을 못 하는 성격이라든가. 본인 몸도 안 챙기면서 오지랖은 미친 듯이 넓은 그 불쾌한 언동이라든가."

"에녹 교수님이 성실해요? 오지랖이 넓어요?"

샤은 카이를 닦는 것조차 잊는다.

"거기다 친절하죠."

문득 팔다리가 부러지고 늑골까지 나간 학생 앞에서 널 치료하기 귀찮으니까 담배 한 대만 더 빨고 치료해 주겠다던 에녹 교수님이 떠올랐다.

죽겠다며 소리를 지르는 학생을 무표정한 얼굴로 바라보며 에녹 교수님은 필터까지 다 빨아 드셨다.

"에녹 교수님이 친절하다고요?"

"알고 보면 친절해요. 병아리 솜털 같은 남자죠."

샤은 할 말을 잃었다.

"그, 그렇군요."

"그렇습니다. 아무튼 세계 멸망에 대해 너무 고민하지 않으셔도 돼요, 샤 군. 혼자서 모든 것을 다 지고 있지 않아도 됩니다."

라온 교수님은 쿠키 끝을 입에 문 채로 말을 이어 갔다. 사람 모양 생강 쿠키가 교수님의 입술을 따라 까딱였다.

“이 문제에 관해서는 저와 에녹 교수 모두 고심해 왔습니다. 엘 본인도 역시 고민해 왔고요. 그러니 혼자 모든 무게를 지려하진 마세요. 어른에게는 어른들의 방법이 있으니까요. 아이들에게 이런 짐을 지울 정도로 나약한 어른이 아니랍니다.”

샨이 입을 열었다.

“무슨 방법이죠?”

“말할 수 없습니다.”

샨은 다시 카이의 몸을 닦았다. 반개한 눈매가 칼날처럼 서늘하다. 그의 형 에론과 닮았으면서도 어딘가 다르다. 그보다 좀 더 크고 사려 깊은 눈이다.

“말할 수 없다는 건 이상하네요. 적어도 류인 황자의 쌍둥이도 제게는 대답해 줬는데 말이죠.”

“샨 군은 저희를 못 믿는 건가요?”

“저희 형이 궁리한 방법도 충분히 믿을 만합니다. 만약 살고자 한다면 그 역시 가능하죠. 내일의 끼니를 위해 은인을 죽이는 거지의 행동이 효율적이라 말할 수 있다면, 에론 형의 행위 역시 효율적이라 할 수 있겠죠.”

그 말에 라온 교수는 덧없이 웃었다.

"샨, 저는 죽고 싶지 않아요. 저도 제 아이들이 있습니다. 이제는 평생 만날 수는 없지만 말이죠. 그래도 저 역시 제 아이들을 저만의 방식으로 사랑합니다."

"결혼하셨어요?"

"아, 오해하지 마십시오. 에녹 교수처럼 인간과 결혼한다거나 한 건 아닙니다. 애초부터 다크엘프는 인간과는 달리 혼인이라는 풍습 자체가 없습니다. 자식은 있지만 그렇다고 인간처럼 서로를 부부라고 생각하는 그런 관계는 아닙니다."

"그……렇군요."

"애초에 다크엘프는 하이엘프처럼 오래 살진 않습니다. 물론 인간의 시각으로는 영원과도 같이 긴 시간이겠지만…… 아무튼 그렇습니다."

라온 교수님은 숨을 한참이나 골랐다.

"저 역시 살리고 싶은 사람은 있어요. 아마 에론 교수, 아니 이제는 에론 경이죠. 에론 경에게 있어서 그런 존재는 샨 군이겠죠."

샨이 대답했다.

"그래서 세계를 어떻게 구하시려는 건데요?"

라온 교수님의 펜대가 잠깐 멈춘다. 설마 망설이는 걸까. 그 같은 사람이?

이윽고 그가 입술을 열었다.

“과거 신이 미치기 전에 아니, 미치기 직전에 저희에게 부탁했습니다. 자신이 마침내 스스로를 통제할 수 없게 되고, 이 세계를 마지막까지 지킬 수 없게 되었을 때 부탁한다고 하더군요.”

라온 교수의 말이 이어질 때마다 샨의 눈이 커져 갔다.

이윽고 그의 말이 끝나자 샨이 말했다.

“교수님, 그건 완곡한 표현의… 자살…이잖습니까.”

“네, 우리의 신은 그런 존재니까요.”

샨이 소리를 질렀다.

“뇌를 잘라 달라고 했잖습니까!”

“에녹 교수님과 저의 능력이 있다면 그런 상태로도 충분히 이 세계를 유지하며 살 수 있습니다. 애초에 그는 인간도 아니고요.”

수건을 쥔 샨의 손이 떨린다.

“기억도 잃고 자아도 잃을 텐데요.”

“네, 우리를 지탱하고 키우며, 이 세계를 유지시키는 신은 머리가 없는 신이 되겠죠.”

"그게 이 세계를 여태껏 유지시켜 온 분에 대한 보상입니까?"

라온 교수는 대답하지 않았다. 그저 펜이 종이를 스치고 지나가기만 한다. 먹색 침묵이 지나간다. 수건을 짜는 손등 위로 고뇌가 기어갔다.

"암거미는 새끼에게 몸을 내줍니다. 갓 태어난 새끼들이 언제든지 자신을 먹을 수 있도록 몸을 녹이죠."

샨은 어금니를 악문다. 이윽고 말을 이었다.

"다른 답을 찾을 겁니다."

그 모습을 라온 교수는 애정을 담아 바라보았다.

"긴 삶을 살아왔지만 인간은 언제나 새로운 답으로 저희를 놀라게 하곤 하죠. 기다리겠습니다, 샨 알테리온 군. 당신이 만들어 낼 답을요."

그때 카이의 이마에서 뿔이 돋아났다.

〈다음 권에 계속〉

외전

빛과 어둠

1.

모든 이들이 한 번쯤은 생각한다. '내 피의 시작은 무엇인가.'

인간은 어떻게 만들어졌으며, 엘프는, 몬스터들은 어떻게 만들어졌는가. 그것을 알기 위해서는 말과 글이 만들어지기 전까지 아득하게 거슬러 올라가야 한다.

인간은 이미 자신의 기원에 대해 여러 번 수정한 전례가 있다. 신의 말씀으로 만들어졌다거나, 흙으로 만들어졌다거나, 세계 형성 초기에 부서진 차원의 한 조각이 인간이 되었다고도 하고 또 어떤 시대에는 과거 용신들이 인간을 만들었다고 믿는 때도 있었다.

시대와 장소, 믿는 종교에 따라 계속해서 바뀌어 나간다. 최근 제국에서 믿는 빛의 신의 경전에는 빛의 신이 인간을 만들었다고 쓰여 있다.

빛의 신뿐만 아니라 불이나 화염의 신, 증오나 복수의 신 역시 존재하며, 그들의 경전에도 나름대로 인간 기원에 대해 서술해 놓았지만 모두 제각각이다. 인간의 수명은 짧고 망각은 길다.

책이라는 매체는 연약해서 전쟁이라도 한번 일어나면 쉬이 불탄다. 언어나 문자도 그것을 쓰는 사람들이 사멸되고 나면 사라진다.

엘프들의 경우 그들의 지도자인 하이엘프 대다수가 중간계를 떠나거나 수호자 일을 하고 있다. 전승은 훼손되지 않았지만 소수의 엘프와 엘프들 사이에서만 입에서 입으로 비밀리에 구전되어 오고 있다.

모든 종족을 다 합쳐서 자신의 근원에 대해 가장 잘 파악하고 있는 이는 다크엘프이리라.

라온, '열한 번째 달의 라온' 도 그랬다.

다크엘프는 먼 옛날 음모의 마신이 하이엘프의 몸에 깃든 게 시초였다. 과거 원한에 젖은 하이엘프가 가족과 친

척, 모든 혈족과 자신의 혼을 태워 마신을 소환했다.

복수와 음모의 마신이었다. 그의 이름은 시대가 지나는 동안 지역마다, 혹은 혈족마다 조금씩 다르게 불러 왔다. 아스모데우스라고도 불렀고, 또 누군가는 벨제부브나 카오스 러너라고도 불렀으며, 어떤 혈족은 이름을 부르지 않고 그저 '달의 그을음' 이라고 지칭하는 경우도 있었다.

아무튼 그 하이엘프는 마신을 몸에 담은 상태에서 아이를 잉태했고, 그게 다크엘프의 시초다.

엘프와 닮았으나 본질은 마족에 가까웠고 태양보다는 달을 좋아하게 되었다.

또한 선대가 여성이고 그 여성의 몸으로 잉태해서 낳은 자녀도 딸이었으며, 그 자녀가 낳은 아이들도 여성이었고, 그 딸의 딸들은 혈족 중 여성들에게만 재산을 나눠주기 시작했다. 그렇게 다크엘프는 자연스럽게 모계 중심 사회가 되었다. 모든 남성은 여성에게 속박되어야 한다. 한 여성은 여러 남성과 관계를 하며 낳은 아이는 아버지가 아닌 어머니 성을 물려받아 가문의 씨족이 된다. 애초부터 아버지라는 개념 자체가 존재하지 않는 종족이다.

그게 싫어 라온은 밖으로 뛰쳐나갔다.

그렇게 지상의 한 주점에서 한가로이 맥주를 마시고 있

는데 어느 여성이 라온의 멱살을 붙잡아 당겼다.

"너! 내 씨족을 번창시켜라."

라온은 그녀를 위아래로 내려다보았다.

애초에 바깥세상에서 같은 다크엘프를 볼 기회가 드물긴 하지만 다짜고짜 씨족을 번창시키라니. 인간의 개념으로는 프로포즈와 비슷하다. 부부 사이와 가깝지만 좀 더 건조한 표현이다.

라온이 손을 뻗어 그녀의 뺨을 붙잡았다.

"울라라, 생긴 건 나쁘지 않네요."

그녀는 화들짝 놀라서 라온의 손을 쳐 냈다.

"어디 사내 놈 따위가!"

"거기는 지하고요. 여기는 지상입니다. 인간들이 지배하는 땅이니까요. 인간들은 안타깝게도 부계 사회라고요?"

"흥, 미개한 놈들."

그 말에 라온은 한참 웃었다.

"저는 일부다처제든, 일처다부제든 내키지 않네요. 그냥 일부일처제가 가장 좋다고 생각합니다만?"

"사내놈 주제에 명을 거역하겠다는 거냐!"

이런 경우 보통 거부는 하지 않는다. 그냥 하룻밤 자

주면 되는 일이다. 다크엘프 남성이야 애초부터 씨만 받아서 버리면 되는 종마 같은 느낌이니까. 가끔 마음에 드는 남성은 객식구로 집에 오래 머물게 하기도 하지만, 그렇다고 자식들이 그를 아버지라고 부르진 않는다.

다크엘프에게는 아버지란 단어가 없다.

그런 종마에게 거부당하는 게 꽤나 신선한 모욕이었는지 그녀는 검을 뽑아 들었다. 날이 휘어진 샴시르다.

그녀가 라온의 어깨를 주저 없이 내리친다. 이래서 나온 거였다. 다크엘프들은 남자를 남자로 보질 않는다. 이렇게 한 명 죽인다고 해도 가축을 죽이는 것과 크게 다를 바가 없다.

그들이 모시는 마신은 여신이고, 그들의 피에 힘을 불어넣은 자들 역시 여성이었으니.

태를 가진 자가 아니면 누구도 '사람'이라 할 수 없으니.

라온이 테이블을 밀었다. 테이블이 밀려 나가며 그녀의 아랫배를 후려친다. 컥, 하고 신음을 내뱉더니 그녀의 검격이 흔들린다.

라온은 들고 있던 브랜디 잔을 던졌다. 술이 들어간 조그마한 유리잔이라고 해도 이쪽은 암기의 마스터다.

유리잔이 깨지며 그녀의 목을 찢어 놓는다.

그녀의 몸이 쓰러진다. 여자치고는 꽤나 거구다 보니 쓰러지는 소리도 요란하다. 독한 주향(酒香)이 피 냄새와 함께 훅 끼쳐 왔다.

라온은 여전히 싱글싱글 웃으며 피투성이가 된 그녀를 내려다보았다.

"역시 얼굴은 나쁘지 않단 말이죠. 예쁜 실버 블론드에 입술도 육감적이고."

그녀는 씩씩 간신히 숨을 내뱉는다. 인간이라면 일격에 즉사할 상처다. 그러나 다크엘프는 이 정도론 죽지 않는다.

"개……자식…… 너는… 반…드시 죽인다."

"목소리도 꽤 좋단 말이죠."

그는 그녀를 그렇게 내려다보더니 주점 점원에게 손톱만 한 루비를 던져 주고 나갔다. 이 정도면 가게 수리비는 물론이고 아예 가게를 하나 새로 세워도 되리라.

라온은 기지개를 켰다. 오랜만에 동족을 만났지만 그다지 기분 전환은 되지 못했다.

'동족(同族)은 되도 동향(同鄉)은 아니더군요. 그 여자.'

같은 다크엘프 안에서도 수많은 씨족들이 각자의 터를 이루며 살고 있다. 그래서 보통 자신의 출신 씨족을 나타내기 위해 문신을 하는데, 그녀의 문신은 먼 남반구 쪽

문신이다.

라온과 같은 문신이 아니었다.

바람이 서쪽을 타고 불어오기 시작했다. 그의 걸음걸이가 바람처럼 가볍다. 어느 순간 그가 손을 뻗었다. 옅은 휘파람 소리도, 작은 수신호도 없이 새카만 매가 내려앉았다.

그는 다리에 달린 서신을 뜯어 읽고는 새를 도로 날려 보냈다.

편지를 읽더니 그의 잔상이 그림자 속으로 흩어졌다.

2.

라온이 도착한 곳은 벽돌 하나까지 새카만 어느 여관 안이었다. 여관 앞에서 라온은 목의 옷깃을 올려 코 아래까지 가린다. 여관의 문 양 옆에는 근육질 남성들이 서서 보초를 보고 있었다. 그들이 라온을 내려다본다. 얼굴이 보이지 않음에도 그저 분위기만 읽고 그들은 라온에게 허리를 꺾어 인사한다.

라온이 안으로 들어가자 왁자지껄했던 안의 분위기가

잠잠해진다.

"로그 마스터."

잿빛 로브와 은색 머리카락은 그의 상징이었다. 이곳은 도둑길드. 돈만 주면 뭐든지 훔쳐 오는 집단들, 아니 가끔은 돈을 안 줘도 생업 삼아 의뢰인의 지갑을 노리곤 한다.

라온은 대륙에서 가장 큰 도둑 길드, '문 워커'의 마스터 자리에 올랐다. 그야말로 도둑의 왕. 자유와 방탕함을 중시하는 도둑길드이기에 서열이 중요하진 않다.

그들의 지위 역시 얼마나 값진 것을 훔치느냐로 갈린다.

라온은 과거 용신에게서 왕관을 훔쳐 왔다.

제국 황제의 다이아몬드를 훔쳐 온 선대 로그 마스터에게 대항하려면 그 정도는 되어야 했다. 그 일을 끝으로 라온은 도둑들의 왕이 되었다.

"마스터, 신입이 들어왔습니다."

"입단 테스트는?"

라온의 말에 도둑들이 한참을 웃었다.

"도둑질을 하라고 시키니까 죽여서 물건을 가져오더군요. 들어와라. 신입!"

카운터 뒤쪽에서 카랑카랑한 대답이 들려왔다.

"짜증 나는군. 나한테 이래라 저래라 명령하지 마라!

인간 남자!"

그 말에 다시 와하하하 웃음이 터져 나왔다. 여자가 안으로 들어온다. 그림자가 베일처럼 걷히고 나니 익숙한 얼굴이 모습을 드러냈다.

'호오, 호오. 과연.'

라온은 속으로 웃음을 삼킨다.

실버 블론드에 육감적인 입술을 가진 여성이었다. 여성치고는 체구가 몹시도 컸고 온몸이 표범처럼 얇은 근육으로 빈틈없이 꽉 짜여 있었다.

그녀는 이쪽을 전혀 눈치채지 못한 모양이다. 하긴 얼굴을 가리고 있는 데다가 귀까지 숨겼으니 종족을 구분하기 어려우리라. 거기다가 이쪽은 로그 마스터일 때는 목소리까지 변조하지 않던가.

"이름이 뭐죠?"

"흥, 내 이름은 '아홉 번째 달의 비올라'다. 편하게 비올라라고 불러라."

"도둑질과 강도질을 구분 못 하는 사람치고는 꽤나 고상하시군요."

라온의 말에 다들 웃음을 터뜨린다. 그녀는 얼굴이 시뻘게져서 소리를 질렀다.

"무슨 상관이야! 똑같은 범죄인데 어차피 물건을 가져오기만 하면 되는 거잖아!"

뭐 상관없긴 하다.

어차피 도둑질이나 강도질이나 한 끗 차이이고, 라온 같은 상위급 로그들이나 미학을 찾지 중하위급 놈들만 해도 하루 벌어 하루 먹고살기 급급하지 않던가.

라온은 의자에 앉아서 그녀를 위아래로 훑어봤다. 그렇다고 하더라도 사슬 갑옷에 대검이라니. 이건 아무리 봐도 용병 길드를 가야 할 걸 잘못 찾아온 꼴이다.

뭐, 그렇다고 해도 그건 본인 문제. 이미 길드에 명단이 올라갔으니 탈퇴할 때는 가산 탕진할 각오를 해야 한다.

라온은 동전을 던졌다 받기를 반복했다. 이윽고 그의 입가에서 비릿한 웃음이 흘러나왔다.

"좋습니다! 그러면, 모처럼의 신입이니 저와 함께 다니도록 하죠."

라온의 말에 길드원들이 야유를 던졌다.

"미인이라고 독차지하깁니까!"

"치사하십니다. 마스터!"

라온은 포도주를 병째로 흔들었다.

"치사하고 아니꼬우면 댁이 마스터 하세요. 흥입니다!"

다 큰 사내가 떼를 쓰고 있다. 비올라는 말을 잃는다. 라온은 검지를 들어 그녀를 가리켰다.

"뭐, 어찌 되었건 이번 주는 가볍게 저와 동행하도록 하고…… 음, 그래요. 몸 풀기 삼아 황실 보물이나 털어 볼까요? 희귀 도서가 입고되었다는데."

그 말에 모든 길드원들의 얼굴이 새파랗게 질렸다. 그 뜻을 모르는 비올라만 팔짱을 끼며 호기롭게 대답했다.

"좋다! 인간의 황궁이 어떤 곳인지 전부터 가 보고 싶었으니까!"

"기대해도 됩니다. 매우 재미있는 곳이거든요. 하하하하!"

선대 로그 마스터가 황제의 다이아몬드를 털어 간 이후로 황실 보물 창고는 인간이 살아서 들어갈 수도, 죽어서 나올 수도 없는 인외마경의 지옥이 되었다. 라온은 바지 주머니에 손을 넣으며 삐딱하게 몸을 일으켰다.

"우선 가볍게 20중 함정부터 파헤치도록 하죠."

"응! 좋지!"

이 신입이 평생 본 함정이라고는 멧돼지 덫이 전부이리라. 길드원들 모두가 한마음 한뜻으로 비올라의 명복을 빌어 주었다.

라온은 그녀의 목을 손가락으로 쿡 찔렀다.

"다음번에는 목까지 올라오는 셔츠를 입도록 하세요."

"내 옷차림에 무슨 불만이지?"

"작업복이라는 게 있지 않습니까. 검사는 갑옷을 입듯, 저희도 입는 옷이 있죠."

그 말에 그녀는 이마를 살짝 찌푸렸다. 납득하기 어려운 모양이지만 그래도 이 정도는 해 줄 요량인지 결국 고개를 끄덕였다.

"알았다."

흉터 난 목을 보고 있자니 조금 후회가 된다. 회복 마법 정도는 배워 놓았을 줄 알았는데 싸구려 회복 포션으로 때운 모양이다.

'아깝군요. 예쁜 목이었는데.'

라온은 그 생각을 마지막으로 기지개를 켰다. 재미있는 여자다. 이 정도라면 이 무료한 삶에 자그마한 요깃거리는 되리라.

그게 두 사람의 만남이었다. 마음을 겹치고, 몸을 겹치게 될 두 운명이었다. 그녀의 자식들은 한때나마 인간의 언어를 빌려 라온을 불렀다. '아버지' 라고.

또한, 로그 마스터이자 어쌔신 마스터인 열한 번째 달,

라온이 이 세계를 지키는 이유이기도 했다. 이제는 그녀는 없지만 그녀의 씨족들은 지금 이 순간에도 번창하고 있다.

라온은 그때 먹었던 와인을 종종 회상하곤 했다.

삶은 그렇게 무정하게 시간을 밀고 흘러갔다.

슬픔과 웃음을 담아서.

〈외전 빛과 어둠 끝〉

부록

설정집

류인황자

황자의 꼭두각시들

DREAMBOOKS★